La magie de la bohémienne

Barbara Cartland est une romancière anglaise dont la réputation n'est plus à faire.

Plus de trois cents romans variés et passionnants mêlent aventures et amour.

Les Éditions J'ai Lu en ont déjà publié plus d'une centaine que vous retrouverez dans le catalogue gratuit disponible chez tous les libraires.

Barbara Cartland

La magie de la bohémienne

traduit de l'anglais par Marie-Hélène DUMAS

Éditions J'ai Lu

Ce roman a paru sous le titre original :

GYPSY MAGIC

© Barbara Cartland, 1983

Pour la traduction française :
© Éditions J'ai Lu, 1985

NOTE DE L'AUTEUR

C'est en 1960 que j'ai commencé à m'intéresser au problème des gitans, quand je me suis rendu compte de l'injustice dont ils étaient victimes. Les gitans n'avaient en effet pas le droit, à cette époque, de rester plus de vingt-quatre heures dans la même commune et il leur était donc impossible d'envoyer leurs enfants à l'école. Après un combat acharné qui dura trois ans, j'ai obtenu une modification de cette loi, et les autorités locales sont désormais obligées de laisser les gitans s'installer dans des campements prévus à cet effet.

Il y a maintenant dans le comté du Hertfordshire huit campements, auxquels s'ajoute le mien, qui est, je crois, le seul campement au monde entièrement peuplé de véritables « bohémiens », et que les gitans ont baptisé « Barbaraville ».

Au cours de toutes ces années, j'ai appris à connaître les bohémiens. Je sais que ce sont des êtres très moraux et que, lorsqu'ils se marient, c'est pour la vie. Mais ils ne livrent pas facilement leurs secrets. Et le peu qui ait été écrit sur leurs croyances, leurs coutumes et même leur langue, est souvent sans fondement.

Ils ont fait dans tous les pays d'Europe l'objet de terribles persécutions. Et en 1939, l'Allemagne nazie a commencé à les interner afin de les éliminer jusqu'au dernier. Plus de 400 000 gitans sont morts dans des camps avant que ne s'achève la Seconde Guerre mondiale.

Beaucoup de pays suivent aujourd'hui notre exemple et essaient de trouver des solutions qui permettraient aux enfants gitans de bénéficier comme les autres d'une scolarité normale.

Les bohémiens Kalderash se disent les seuls authentiques bohémiens. Originaires des Balkans, ils se sont répandus dans toute l'Europe centrale et sont divisés en cinq groupes :

1. Les *Lovari*, en France, qui viennent de Hongrie.
2. Les *Boyhas*, qui viennent de Transylvanie.
3. Les *Luris* (ou *Lult*), la tribu indienne.
4. Les *Tschurari* (ou *Tchuai*), qui vivent tout à fait à part des autres bohémiens Kalderash.
5. Les *Turco-Américains*, qui ont émigré de Turquie vers les Etats-Unis avant de revenir en Europe.

1

1825

— Il n'y a rien à faire, dit la princesse Laetitia à sa sœur. Je n'arriverai jamais à tirer quoi que ce soit de cette robe.

— Tu seras quand même ravissante, répondit la princesse Marie-Henriette.

Laetitia sourit.

— Tu sais bien que de toute façon cousine Augustina n'apprécie jamais les toilettes que nous portons.

Marie-Henriette se mit à rire.

— Nous risquerions de recevoir un compliment qui sans cela pourrait être adressé à Stéphanie! Elle nous déteste tous, y compris maman.

Laetitia jeta un coup d'œil vers la porte, comme si elle craignait que leur mère ne puisse les entendre. Puis elle dit à voix plus basse :

— C'est vrai, Hettie, mais ce n'est pas la peine d'en parler. Tu sais combien cela chagrine maman, et elle est très déprimée ces temps-ci.

— On le serait à moins, répondit Marie-Henriette. Sans aucune ressource et en proie à l'hostilité permanente du palais. Ah, si seulement nous pouvions aller vivre ailleurs!

– Comment le pourrions-nous? répondit Laetitia. Nous n'avons pas le choix, il nous faut bien en prendre notre parti.

Elle posa sur une chaise la robe qu'elle essayait d'arranger et s'approcha de la fenêtre pour regarder dehors.

Celle-ci donnait sur une cour entourée de maisons petites, certes, mais assez agréables et situées à proximité du palais. Ces maisons étaient gracieusement attribuées aux membres de la famille du grand-duc et aux hauts fonctionnaires qui avaient servi leur pays, lorsqu'ils n'avaient pas les moyens d'acquérir une demeure.

Le prince Paul d'Ovenstadt avait été tué à la tête de son régiment en combattant des envahisseurs chassés du grand-duché, et après sa mort, sa famille avait dû quitter la grande maison où ils avaient toujours vécu pour s'installer dans l'une de ces petites habitations.

Les enfants du prince Paul étaient reconnaissants de ce toit qui les abritait malgré ses dimensions modiques et son inconfort, et ils y auraient vécu heureux sans ce que Marie-Henriette appelait les « hostilités du palais », hostilités dues à la grande-duchesse, leur cousine Augustina, et non pas au grand-duc, lié au prince Paul par une solide amitié.

Le grand-duc Louis, qui avait un frère aîné et ne devait donc pas hériter du trône, avait grandi avec le prince Paul et ils s'étaient juré l'un à l'autre de ne jamais se marier.

Mais le prince Paul rencontra un jour la fille d'un noble gentilhomme de sang royal qui vivait à l'autre bout du pays. Cette jeune fille était d'une grande beauté, et il en tomba éperdument amoureux.

Comme il occupait une place relativement peu importante dans la hiérarchie familiale, le prince Paul ne rencontra qu'une faible opposition à ses projets de mariage. Seul son cousin Louis protesta, se sentant abandonné par son compagnon de toujours.

Six mois plus tard, le frère aîné de Louis mourut d'une fièvre que les médecins ne purent soigner et de fortes pressions furent exercées sur Louis, devenu prince héritier, afin qu'il se marie.

C'est ainsi qu'il épousa une princesse prussienne, réalisant ainsi une alliance bénéfique pour son pays. Mais sa femme, Augustina, avait un caractère très autoritaire et le prince Louis, homme courtois et affable, la laissa très vite tout diriger.

. Les années passèrent et Augustina, devenue grande-duchesse, prit une autorité qui suscita de nombreuses plaisanteries, tant à l'intérieur du pays qu'à l'étranger. Car tout le monde savait qui, du grand-duc ou de la grande-duchesse, « portait la culotte ».

Ils eurent deux enfants, un fils, Otto, qui fut outrageusement gâté dès sa naissance et devint vite presque aussi insupportable que sa mère, et une fille, Stéphanie, qui ressemblait beaucoup à son père et que tout le monde aimait.

La grande-duchesse alliait à son despotisme une jalousie extrême, elle détestait Olga, la belle épouse du prince Paul, ainsi que ses enfants.

Et cela n'avait rien d'étonnant, car Laetitia et Marie-Henriette devenaient chaque jour plus belles, et leur frère Kyril était incomparablement plus séduisant, plus intelligent et plus fort que le prince héritier Otto.

La grande-duchesse évitait autant que possible la présence au palais des deux jeunes filles. Elle leur avait d'ailleurs fait comprendre qu'elles n'y étaient jamais les bienvenues, mais qu'il fallait bien les inviter lors des réceptions officielles. Le prince Paul, leur père, avait été un homme d'Etat et un chef militaire trop éminent et trop aimé dans tout le pays pour qu'elle ose reléguer sa famille dans un oubli total. Mais comme le disait souvent Laetitia, elle ne s'en serait pas privée si elle l'avait pu.

Les deux jeunes filles s'inquiétaient cependant souvent de ce qu'il allait advenir d'elles.

— Une chose est certaine, répétait Laetitia. Il n'y a aucune chance pour qu'on nous accorde le droit de nous marier avant que Stéphanie ait trouvé un époux!

Et elle ajoutait pensivement :

— Et même alors, je crois que cousine Augustina trouvera toutes les excuses possibles et imaginables pour nous garder hors de la vue de tous les célibataires convenables, à moins, bien sûr, qu'il ne s'en trouve un pour nous emmener pour toujours loin de l'Ovenstadt.

Laetitia parlait sans amertume, comme si elle ne faisait qu'énoncer un simple fait. Et elle préférait généralement en rire qu'en pleurer.

Maintenant qu'elle avait dix-huit ans, cependant, elle déplorait que cette pauvreté les empêchât, sa sœur et elle, de porter de jolies toilettes et obligeât leur mère à faire des prodiges d'économie simplement pour les nourrir convenablement.

— Comme cela aurait mis papa en colère! disait-elle chaque fois qu'elles étaient délibérément exclues d'une réception au palais, ou quand il leur était impossible, faute d'argent, de recevoir pour au moins rendre les invitations.

La dernière fois qu'elle en avait parlé avec sa mère, cette dernière avait simplement soupiré.

– Je sais, ma chérie, mais à chacun sa croix.

– Je ne vois pas pourquoi nous devrions supporter tout cela! avait répliqué Laetitia. Papa est mort en défendant son pays, et c'est comme si nous devions en être punis. Quelle injustice!

La princesse Olga était restée un moment plongée dans un silence pensif. Puis elle avait repris :

– Je comprends que vous trouviez cela très injuste, mais pour ma part je n'aimerais pour rien au monde vivre au palais.

Laetitia et Marie-Henriette avaient poussé un cri de protestation, puis elles avaient toutes les trois éclaté de rire.

– Pouvez-vous imaginer ce que ce serait? avait demandé Laetitia. Cousine Augustina arrivant à la table du petit déjeuner et commençant à nous faire des reproches, parce que nous serions en avance, ou en retard, mal coiffées, ou mal habillées, et surtout parce qu'elle trouverait toujours quelque chose à redire.

– De toute façon rien de ce que nous faisons ne trouve jamais grâce à ses yeux, avait ajouté Marie-Henriette.

– Ça suffit, mes enfants! avait interrompu la princesse Olga. N'oubliez pas que notre cousin Louis nous aime beaucoup.

– C'est vrai, avait répondu Laetitia. Et pourtant il est trop faible pour s'opposer en quoi que ce soit à sa femme. Quel dommage que ce ne soit pas le père de papa qui soit monté sur le trône!

– Je crois que depuis le commencement des temps, les cadets ont toujours regretté de ne pas être les aînés, avait dit la princesse Olga. Mais ce n'est pas le cas de ton père. Il n'a jamais souhaité être grand-duc. Il préférait avoir le temps de profiter de la vie et d'être heureux au milieu de nous.

La princesse avait toujours l'air triste quand elle parlait de son mari et son beau visage exprimait une telle désolation que ses deux filles s'étaient très vite efforcées de détourner le cours de la conversation.

Car elles adoraient leur mère. Et que leur père, si heureusement marié, ait trouvé la mort alors que son cousin Louis devait vivre avec une femme envers laquelle, s'il fallait en croire la rumeur, il ne nourrissait que des sentiments hostiles, leur semblait un tour particulièrement cruel du destin.

Le grand-duc s'était en grande partie retiré de la vie publique, laissant la grande-duchesse prendre les décisions qui normalement lui incombaient, recevoir à sa place des chefs de gouvernement et le supplanter délibérément dans ses responsabilités.

Quelquefois, quand il semblait ne plus pouvoir supporter cet état de choses, il venait rendre visite à la princesse Olga dans sa petite maison.

Assis dans son salon si simple et si différent des grandes pièces d'apparat du palais, il lui confiait ses soucis.

— Je sais combien Paul vous manque, lui avait-il dit lors de sa dernière visite, et je me rends compte qu'il me manque aussi de plus en plus. S'il était là, je sais qu'il m'aiderait à tenir mon rôle et à prendre mes responsabilités!

— Il ne faut pas parler ainsi, Louis! avait dit la princesse Olga d'une voix douce. Tout le monde vous aime!

— Quand on peut m'approcher, avait répondu le grand-duc. Et je sais qu'on me reproche bien des lois qui ont été édictées en dehors de ma volonté.

Il marqua un silence puis reprit :
- Je suppose que vous savez comme tout le monde que le nouveau Premier ministre est entièrement dévoué à Augustina?

La princesse Olga répondit d'un simple signe de tête et le grand-duc continua :
- Il va la voir chaque jour sans prendre même la peine de faire semblant de me consulter. C'est à elle qu'il communique en premier les documents concernant les affaires de l'Etat et, quand ils ont décidé d'une politique, ils se contentent de me demander une signature.

- Pourquoi donc ne la leur refusez-vous pas? demanda la princesse Olga.

- Parce que je n'ai pas le courage de supporter ces scènes, répondit le grand-duc. Et c'est bien pour cela que Paul me manque tellement. Il m'a toujours prêté main-forte, et sans lui je me sens comme un homme qui aurait perdu l'usage de son bras droit. J'ai l'impression que, seul et sans appui, tous mes efforts sont réduits à néant.

- Vous devriez quand même faire un effort, cher Louis.

- Pour quoi faire? demanda Louis. Vous savez aussi bien que moi qu'Augustina a tout pris en main. C'est elle maintenant qui dirige le pays, et si je m'opposais à ses décisions, elle me ferait sans doute interner comme fou ou emprisonner dans une forteresse!

Et ils s'étaient mis à rire.

Mais en même temps la princesse Olga pensa qu'il y avait une grande part de vérité dans les déclarations du grand-duc.

Elle ne doutait pas que la grande-duchesse se montrerait impitoyable envers quiconque tenterait de lui arracher la moindre parcelle de pouvoir.

Après le départ du grand-duc, elle s'était réfugiée dans la prière, avec l'espoir que quelque chose arriverait pour le sauver de cette vie de malheur et de désespoir.

Elle aurait bien voulu faire appel à lui pour qu'il intervienne au nom de ses enfants. Laetitia avait maintenant dix-huit ans et elle était à l'âge où on aurait dû donner un bal pour elle au palais afin que lui soient présentés les jeunes princes des pays voisins, ou au moins les héritiers de ces nobles familles que la grande-duchesse invitait si rarement à la cour.

Mais à supposer que le grand-duc acceptât, son épouse refuserait immanquablement d'organiser une soirée de ce genre et il n'aurait pas la force d'insister.

Quand elle en avait parlé à Laetitia, celle-ci lui avait dit :

– Vous avez raison, maman. Je suis certaine qu'elle ne tiendrait aucun compte de ce que cousin Louis pourrait lui dire et cela ne servirait à rien. En même temps il faudra bien un jour que quelqu'un lui tienne tête, et ce ne pourra pas être vous.

– Si seulement ton père était là, avait soupiré la princesse Olga.

Mais elles avaient toutes deux pleinement conscience que tout avait été dit et qu'il n'y avait plus rien à ajouter.

Debout à la fenêtre, tournant le dos à sa sœur, Laetitia lui dit soudain :

– Au lieu de nous lamenter au sujet de ce que nous ne pouvons avoir, nous devrions peut-être essayer la sorcellerie!

– La sorcellerie! s'exclama Marie-Henriette. Mais nous ne connaissons pas de sorcières.

— Les gitans ont des pouvoirs magiques, répondit Laetitia.

— Seulement il y a peu de chance pour qu'ils puissent les exercer ici, dit Marie-Henriette. Tu sais bien que cousine Augustina leur a interdit la capitale et les oblige à camper dans les montagnes sous peine d'être expulsés d'Ovenstadt.

— Elle serait capable de faire cela, répondit Laetitia. Si elle les chassait, elle se ferait encore plus détester qu'à l'heure actuelle. Après tout, il y a du sang gitan chez la plupart des Ovenstadt, sans parler de nous.

Marie-Henriette eut un petit rire.

— Qu'elle ne t'entende jamais parler de notre sang gitan, elle serait capable de te chasser définitivement de la cour par peur de la contagion!

— J'ai toujours entendu dire que les Prussiens détestaient les gitans, reprit Laetitia pensivement. Mais ils font partie de notre vie, et ce pays ne serait plus le même sans eux.

Elle revoyait tout en parlant les caravanes de gitans qui sillonnaient les vallées dans leurs habits aux couleurs vives, jouant de cette musique qui lui étreignait le cœur chaque fois qu'elle l'entendait et lui donnait tellement envie de se mettre à danser.

Son père lui avait raconté que, lorsqu'ils étaient jeunes, avec son cousin Louis ils allaient souvent rejoindre les gitans autour de leurs feux de camp pour écouter les mélodies sauvages qu'ils jouaient sur leurs violons et regarder les jeunes bohémiennes danser avec cette grâce si particulière à leur race.

— Cette grâce que tu as en toi, ma chérie, avait-il dit à Laetitia quand elle avait treize ans.

— Tu le crois vraiment, papa? Ce serait merveilleux!

– J'en suis sûr, avait répondu son père. Tout comme je suis sûr qu'en grandissant tu deviendras de plus en plus belle et moi je serai fier de toi.

Les histoires de gitans avaient toujours passionné Laetitia. Mais elle savait que c'était un sujet à ne jamais aborder au palais.

Il y avait pourtant ce conte qui touchait directement la famille d'Ovenstadt : on racontait que leur arrière-arrière-arrière-grand-père, qui était grand-duc, s'était marié deux fois mais n'avait eu aucun enfant de ces deux mariages.

Or, s'il mourait sans héritier, le pouvoir devait passer des mains des Rakonzis à celles d'une autre famille qu'il détestait parce qu'elle était devenue trop paresseuse et trop débauchée pour gouverner correctement le pays.

Sa seconde femme était beaucoup plus jeune que lui, et il avait décidé de faire tout ce qui était en son pouvoir pour qu'elle lui donne cet héritier tant attendu.

Il l'avait conduite chez tous les grands spécialistes d'Europe, elle avait fait des cures dans des stations thermales et, en dernier ressort, il s'était adressé aux gitans.

La légende, que l'on raconta toujours par la suite à voix basse, disait que le grand-duc était tombé malade à ce moment-là, la grande-duchesse son épouse dut se rendre sans lui au camp d'une des plus grandes tribus de gitans de tout le pays.

Elle y fut accueillie par leur *Voivode*, leur roi, qui était jeune, très brun et très beau.

Puis elle fut invitée à prendre part à une fête où les meilleurs vins des coteaux avoisinants coulaient à flots dans des coupes précieuses, pendant qu'autour du feu les musiciens jouaient et les jeunes filles dansaient.

Tard dans la nuit, alors que les violons jouaient toujours, mais que les plus âgés des bohémiens s'étaient endormis, le roi emmena la grande-duchesse dans les bois.

Là, sous les étoiles, il utilisa ses pouvoirs magiques afin d'assurer un héritier au trône d'Ovenstadt.

C'était une histoire très romantique et quand il l'avait racontée à Laetitia, le prince Paul avait ajouté :

– Presque tous les Rakonzis ont les cheveux roux et la peau claire, mais de temps en temps l'un de nous naît avec des yeux ou des cheveux noirs, tout comme toi, ma chérie.

Laetitia avait poussé un cri de ravissement.

– Et cela grâce aux pouvoirs magiques du gitan!

– Regarde-toi dans la glace, et tu verras que tes cheveux ont ces reflets bleus dont rêvent toutes les brunes.

Il sourit tendrement et continua :

– Sous tes cils sombres, tes yeux verts sont comme les steppes que parcourent les gitans et ta peau blanche comme un pétale de magnolia te vient de notre famille et de ta mère.

La grande-duchesse Augustina, quand elle avait pris le pouvoir, avait interdit que l'on raconte l'histoire du *Voivode*.

– Ces légendes, avait-elle affirmé d'un ton péremptoire, sont des mensonges élaborés par des gens sans culture qui ne trouvent rien de mieux que de broder ce genre de fables!

Et elle avait ajouté d'un ton encore plus catégorique :

– J'ai examiné attentivement l'arbre généalogique de la famille et il n'y a pas un mot de vrai dans cette histoire de sang gitan qui courrait dans les veines des Rakonzis.

Après une nouvelle pause, comme si elle voulait voir si quelqu'un oserait la contredire – mais personne n'avait jugé sage de le faire –, elle avait continué :

– J'ai même trouvé la preuve, dans des documents concernant l'histoire de la famille, que la grande-duchesse qui fut responsable de toutes ces fariboles, avait en fait été soignée en France par un médecin très compétent qui lui avait permis de concevoir un enfant qui devint grand-duc après la mort de son père.

Après un nouveau silence elle avait clos le chapitre :

– Personne ne devra donc plus jamais raconter cette histoire dans les familles!

Laetitia n'avait rien dit, mais quand elle était rentrée chez elle, elle s'était regardée dans la glace : ses cheveux avaient bel et bien quelque chose de plus que ceux des autres brunes.

Et elle s'était souvenue de ce que son père lui avait dit sur cette grâce qu'elle possédait, la grâce des bohémiennes.

Souvent, seule devant son miroir, elle dansait. Son corps était assez souple pour tourner sur lui-même, onduler et se tordre comme celui des gitanes.

Elle savait aussi sauter comme elles, par-dessus les feux, comme si, par quelque tour magique, elle pouvait prendre son vol.

Décidée à en savoir plus sur la vie des gitans, elle avait pris l'habitude, quand elle sortait se promener à cheval, de s'arrêter pour parler à ceux qu'elle rencontrait dans les vallées fleuries ou à flanc de coteau.

Ils savaient qui elle était et se sentaient honorés de sa présence; c'est pourquoi ils répondaient à ses questions et lui apprenaient même chaque fois quelques mots de romani.

Laetitia, dont la mémoire était bonne, avait ainsi vite acquis un vocabulaire assez important dans leur langue.

Les gitans connaissaient eux aussi l'histoire de la grande-duchesse et du *Voivode* et ils faisaient toujours compliment à Laetitia de ses cheveux sombres qu'elle avait hérités d'elle.

Mais la haine que portait aux gitans la grande-duchesse Augustina l'avait poussée à les persécuter à chaque occasion, et elle les avait repoussés de plus en plus loin de la capitale, de sorte que Laetitia avait maintenant beaucoup de mal à en rencontrer.

– Comment cousine Augustina peut-elle se montrer aussi cruelle? avait-elle demandé à sa mère, lorsque les journaux avaient rapporté l'exécution de deux gitans accusés de crimes qu'ils n'avaient pas commis.

– Cela va créer un grand mécontentement, avait dit la princesse Olga. Nos gitans ont toujours été amicaux et gentils, et ils font partie de notre pays.

– Il faut en parler à cousin Louis, maman, et le supplier d'intervenir en leur faveur.

– Je vais essayer. Mais tu sais, ma chérie, il lui est très difficile de faire quoi que ce soit sans le soutien du Premier ministre.

– Et ce dernier fait tout ce que cousine Augustina lui dit de faire! avait continué Laetitia. Oh, maman! Quelle femme horrible! J'aimerais que les gitans lui jettent un sort qui la fasse souffrir autant qu'elle les a fait souffrir!

La princesse Olga avait protesté :

— Ne parle pas ainsi, ma chérie. Cela porte malheur!

— Pourquoi cela nous porterait-il malheur, à nous qui aimons tant les gitans? avait demandé Laetitia. Papa disait que j'avais les cheveux et la grâce d'une gitane, et j'en suis très fière.

La princesse Olga sourit, mais elle savait en même temps que ce n'était pas seulement à cause de sa beauté, mais parce qu'elle était une preuve vivante du sang gitan des Rakonzis que la grande-duchesse cherchait toujours à humilier Laetitia. Malgré son rang, elle ne l'invitait aux réceptions du palais que lorsqu'elle ne pouvait absolument pas faire autrement.

Et comme leur situation financière leur permettait à peine de subvenir à leurs besoins, la princesse Olga ne savait comment remédier à cet état de fait.

Elle priait le ciel tous les soirs de lui venir en aide, pour son fils bien-aimé qui avait du mal à vivre dans son régiment avec la maigre pension qu'elle lui versait, pour Laetitia qui, à dix-huit ans, aurait dû sortir et recevoir beaucoup plus qu'elle ne le faisait, et enfin pour sa cadette Marie-Henriette qui, bien que très différente, allait devenir aussi belle que sa sœur.

— Paul, oh Paul! soupirait la princesse dans l'ombre de la nuit. Aidez-moi à faire tout ce que je peux pour nos enfants. J'ai l'impression en ce moment d'être au pied d'un mur infranchissable.

Chaque fois qu'elle pensait à son mari, elle sentait son être tout entier se tendre vers lui dans une grande nostalgie de sa présence.

Elle savait cependant qu'elle ne devait pas faire état de son chagrin en présence de ses enfants.

Ce n'est que lorsque le grand-duc venait la voir qu'elle se laissait aller à parler de Paul, car lui aussi l'avait aimé, et elle pouvait sans contrainte laisser couler ses larmes devant lui.

Toujours debout à la fenêtre, Laetitia dit à sa sœur :

— Je vais prononcer une formule magique. Ou plutôt faire un vœu, pour que quelque chose arrive.

— Que veux-tu qu'il arrive? demanda Marie-Henriette occupée à coudre près d'une table.

— N'importe quoi, répondit Laetitia. J'ai quelquefois l'impression que nous sommes prisonnières ici, que nous allons vieillir sans que rien ne se passe, et que cette maison sera notre tombe.

— Ne dis pas de choses comme ça! s'exclama Marie-Henriette. Tu me donnes des frissons.

— Un gitan m'a parlé d'un charme qui, si on y croit suffisamment, permet de réaliser ses vœux.

— Eh bien, essaie! dit Marie-Henriette. Qu'est-ce que tu attends?

— Il m'a dit qu'il fallait le formuler par pleine lune, répondit Laetitia, ce n'est donc pas possible avant la semaine prochaine. Mais si je dois prononcer une incantation magique, autant que cela en vaille la peine. Alors réfléchis à toutes les choses que tu désires, Hettie, et je vais les emmagasiner dans un coin de ma mémoire.

— Il faudrait tout un grenier! dit en riant Marie-Henriette. Une dizaine de nouvelles robes, et trois ou quatre bals pour les porter.

— Très bien, dit Laetitia. Je mettrai tout cela sur ma liste. Autre chose?

— Un prince beau, grand et riche, qui dansera avec moi et m'offrira ces robes.

Laetitia se mit à rire.

- Cela ne serait vraiment pas convenable!
- Il y a pourtant peu de chances que maman puisse les payer!
- Elle le pourra, ce sera un de mes vœux, dit Laetitia. Et moi aussi, je veux un prince beau et grand!
- Alors c'est très simple, dit Marie-Henriette. Tu n'as qu'à souhaiter que nous rencontrions deux princes également beaux, grands, immensément riches, et célibataires, bien sûr!

Laetitia rit encore.

- Je crois que ce que nous désirons est aussi difficile à décrocher que la lune, mais les gitans disent que leur magie est infaillible.

Soudain, elle poussa un cri.

- Grands dieux! Ce n'est pas possible! Mais si, c'est elle!
- Qui ça, elle? demanda Marie-Henriette.
- Stéphanie. Elle arrive ici en courant, et seule!
- Je ne peux pas le croire! dit Marie-Henriette. Tu sais aussi bien que moi qu'elle n'est pas autorisée à faire un pas sans être chaperonnée par cette vieille baronne grincheuse!
- Elle est seule, je t'assure!

Laetitia s'écarta de la fenêtre, traversa la pièce en courant et Marie-Henriette l'entendit ouvrir la porte d'entrée.

- Stéphanie! Quelle surprise! s'écria Laetitia.

Quand sa cousine fut entrée, Laetitia vit qu'elle pleurait.

- Qu'est-ce qui t'arrive? Que se passe-t-il?
- Oh, Laetitia... il... il fallait... que je te voie, répondit Stéphanie.
- Eh bien, me voilà, répondit Laetitia. Viens au salon. Maman se repose et nous sommes seules, Hettie et moi.

La princesse entra et Marie-Henriette se leva pour l'embrasser.

– Je suis contente de te voir, Stéphanie. Il y a une éternité que tu n'es pas venue.

– Je sais... je sais, répondit Stéphanie, le visage en larmes. Mais maman... me défendait de venir... et je... me suis... enfuie... profitant... d'un moment d'inattention de cette vieille chouette de baronne.

Elle eut un petit sanglot et ajouta :

– Je suis passée par une porte dérobée... et j'ai couru jusqu'ici.

Laetitia lui avança une chaise.

– Assieds-toi, ma chérie, lui dit-elle. Enlève ton chapeau et raconte-nous ce qui te tracasse.

Comme Stéphanie n'avait pas de mouchoir, Marie-Henriette lui en tendit un.

Elle s'essuya les yeux mais cela eut pour effet de la faire pleurer de plus belle et les larmes inondèrent de nouveau son petit visage pointu.

Elle était très jolie, avec ses cheveux blonds aux reflets roux et ses yeux noisette tachetés d'or, les yeux des Rakonzis. Elle ne ressemblait nullement à sa mère qui avait les traits forts et durs des Prussiens. Stéphanie était bien la fille de son père et, en fait, Marie-Henriette et elle se ressemblaient beaucoup.

Elle enleva son chapeau tandis que Laetitia s'agenouillait à côté d'elle et mettait ses bras autour d'elle pour la consoler.

– Raconte-nous pourquoi tu as tant de chagrin, lui dit-elle. Je ne veux pas te voir pleurer comme cela.

– Oh... Laetitia! Je voudrais... mourir!

– Ne dis pas des choses pareilles, répondit Laetitia. Qu'est-il arrivé qui te rende si malheureuse?

Pendant un moment Stéphanie sembla incapable

de parler, puis, d'une voix incohérente, comme si les mots se bousculaient dans sa bouche :

– Maman... a... décidé... que... j'épouserais... le... roi... Viktor!

Laetitia la regarda ébahie.

– Le roi Viktor de Zvotana?

– Ou... oui.

Elle éclata de nouveau en sanglots puis continua :

– Comment... pourrais-je... l'épouser alors que... j'aime Kyril et qu'il... m'aime.

Laetitia et sa sœur regardèrent Stéphanie avec stupéfaction.

Elles savaient toutes deux que quand Kyril rentrait, Stéphanie et lui montaient toujours à cheval ensemble et que leur frère passait de longues heures au palais, sous prétexte qu'il avait beaucoup mieux à faire là-bas qu'auprès d'elles.

Et elles avaient toujours su qu'il aimait beaucoup Stéphanie, tout comme elles, mais il ne leur était jamais venu à l'esprit qu'il pût y avoir autre chose entre eux.

– Il m'aime... il m'aime! sanglotait Stéphanie. Et je l'aime. Si... je ne peux pas me marier avec lui... je jure que je me... tuerai.

Laetitia serra Stéphanie contre elle.

– Ne dis pas ça! Ce serait trop horrible! As-tu fait part à ta mère de tes sentiments?

– Non... bien sûr que non! répondit Stéphanie. Elle serait furieuse! Elle a... de si grandes ambitions pour moi...

Les deux sœurs savaient que c'était vrai. Rien ne pouvait faire plus plaisir à la grande-duchesse qu'une alliance avec un pays voisin plus prospère que l'Ovenstadt, et elle rêvait de voir Stéphanie devenir reine.

- Mais j'ai tout raconté à papa, continua Stéphanie. Et il a dit qu'il ne souhaitait me voir épouser personne d'autre... que Kyril.

- Il est au courant des projets de ta mère ?

- Oui... mais il ne fera rien... Il laissera maman décider de tout... comme d'habitude... et je vais me retrouver... mariée à cet homme affreux... alors que... tout ce que je veux, c'est être... avec Kyril.

Comme épuisée par l'effort d'en avoir tant dit, Stéphanie appuya sa tête contre l'épaule de Laetitia et ferma les yeux.

Les larmes se remirent à couler sur ses joues et Laetitia les essuya tout doucement.

- Essaie de t'arrêter de pleurer, Stéphanie, et explique-nous comment les choses doivent se passer.

- Maman vient juste de m'annoncer... la nouvelle... il y a une heure... après qu'elle a... vu... son... Premier ministre.

Laetitia retint son souffle. Cela voulait dire que ce mariage avait officiellement été décidé par le Cabinet.

- Je crois... que le Premier ministre lui a... apporté une lettre... du roi Viktor... dans laquelle... ce dernier... accepte de venir ici... continua Stéphanie. Voilà ce que maman m'a dit : « J'ai une bonne nouvelle pour toi, Stéphanie. Et je suis certaine qu'elle va te faire plaisir. Le roi Viktor de Zvotana viendra nous voir la semaine prochaine, et je sais qu'il va nous demander ta main. »

- Qu'est-ce que tu as répondu ? demanda Laetitia.

- J'étais totalement incapable de dire quoi que ce soit, et maman a continué : « Tu as beaucoup de chance, ma fille. Bien entendu, comme il s'agit d'une visite officielle, nous donnerons un dîner, un déjeuner et un bal, et vos fiançailles seront annoncées en même temps que le roi Viktor recevra l'Ordre de la Liberté. »

– Et est-ce que tu lui as dit que tu ne voulais pas te marier avec lui ? demanda Laetitia.

– Je n'ai... rien dit, répondit Stéphanie. Je suis restée paralysée devant elle, avec la sensation que le plafond... venait de me tomber sur la tête. Puis elle est sortie de la pièce... en disant : « Nous avons beaucoup de choses à faire, et le plus vite nous nous y mettrons, le mieux ce sera !

– Oh, pauvre Stéphanie ! C'est vraiment affreux ! s'exclama Marie-Henriette, et sa voix était si compatissante que les larmes de Stéphanie se remirent à couler.

– Je ne pourrai pas le supporter ! dit-elle alors. Il faudrait... que je rentre en contact avec Kyril... et que je lui demande... s'il veut... s'enfuir... avec moi.

Laetitia la regarda, surprise.

– Tu ferais vraiment cela ?

Stéphanie laissa retomber ses mains d'un geste désespéré.

– Ça ne servirait probablement à rien... Maman enverra l'armée... à nos trousses... et Kyril sera peut-être tué... ou jeté en prison pour trahison ! Oh, Laetitia ! Mais que vais-je devenir ?

Elle s'était remise à pleurer et ses sanglots étaient si déchirants que Laetitia ne pouvant faire mieux se contenta de la serrer plus fort contre elle.

Puis, comme Stéphanie ne se reprenait pas, Laetitia regarda Marie-Henriette.

– Il faut trouver une solution ! Elle va se rendre malade !

Marie-Henriette eut un geste d'impuissance tout comme Stéphanie quelques instants plus tôt.

– Que pouvons-nous faire ? demanda-t-elle. Je

suis certaine moi aussi que s'ils s'enfuyaient, cousine Augustina les ferait rattraper rapidement et que Kyril serait disgracié à jamais.

– Et en plus, ils seraient sans le sou, dit Laetitia.

– Je ne veux pas... épouser le roi Viktor... c'est impossible! sanglota Stéphanie. J'ai entendu parler de lui. C'est... un homme horrible... et personne ne... veut l'épouser.

– Pourquoi cela? demanda Laetitia étonnée.

Elle essayait bien de se rappeler ce qu'elle avait entendu dire du roi Viktor, mais c'était peu de chose.

Elles vivaient tellement retirées depuis la mort de leur père et recevaient si peu, que les rumeurs en provenance des pays voisins ne parvenaient pas jusqu'à elles.

Et de toute façon elle savait qu'aucun ragot de ce genre ne serait jamais rapporté devant elle ou sa sœur.

Il lui semblait cependant qu'il y avait eu un scandale autour du nom du roi Viktor, mais elle ne pouvait se rappeler les détails.

– J'ai toujours pensé... que maman ne l'aimait pas, dit Stéphanie en essuyant une fois de plus ses larmes. Je me rappelle que quand papa... lui a demandé s'ils... l'inviteraient pour la chasse... à l'automne dernier... maman lui a répondu : « Certainement pas! » et elle a ajouté que non seulement sa réputation était douteuse, mais qu'en plus... il avait du sang gitan dans les veines!

Laetitia regarda Stéphanie, ébahie.

– Elle a vraiment dit cela?

– Oui, et elle l'a rayé de la liste des invités pour le remplacer par ce raseur de margrave de Baden-

Baden dont papa dit qu'il raterait... un éléphant... à dix mètres!

En toute autre occasion, Laetitia aurait ri, mais cette fois-ci, Stéphanie lui semblait tellement désespérée, qu'elle n'eut même pas envie de sourire.

– Ainsi, le roi a du sang gitan dans les veines, lui aussi! dit-elle, songeuse.

– C'est une des choses que maman méprise le plus et... elle a toujours fait des tas d'histoires... à ce sujet. Mais un roi est un roi et elle veut que je sois... reine!

Et elle éclata de nouveau en sanglots.

– Il faut réfléchir, Stéphanie, dit Laetitia. Il faut réfléchir très sérieusement à ce que tu vas faire. Tu ne peux évidemment pas épouser le roi si tu aimes Kyril!

En disant cela elle ne pensait pas seulement à la princesse mais aussi à son frère.

Si Kyril aimait Stéphanie – et maintenant qu'elle y repensait, elle en était certaine –, elle ferait tout ce qui était possible humainement, avec l'aide ou l'intervention d'un pouvoir magique ou divin, pour qu'ils ne soient pas séparés.

Laetitia aimait son frère plus que personne au monde, après son père, et tous deux se ressemblaient beaucoup.

Kyril était tout ce dont le prince Paul avait rêvé pour son fils. Il était beau, bien bâti, cavalier accompli et sportif jusqu'au bout des ongles.

Mieux encore, Kyril n'avait jamais de pensées mauvaises ou dégradantes et, comme son père, tous ceux qui le connaissaient l'aimaient. Il était très populaire dans la capitale et aussi dans les autres régions du pays où il s'était rendu, et on l'adorait dans son régiment.

Sa réputation de bravoure était certes méritée, et

un des généraux qui venaient parfois rendre visite à la princesse Olga lui avait dit que les hommes de Kyril étaient tous prêts à donner leur vie pour lui.

Sa mère en avait conçu une grande fierté et Laetitia se remémorait cet éloge tous les soirs quand elle priait pour son frère.

Elle se disait maintenant qu'elle avait été sotte de ne pas s'apercevoir depuis longtemps des sentiments de Kyril envers Stéphanie.

Il avait toujours l'air particulièrement heureux quand il revenait du palais après une visite à la jeune princesse, et Laetitia éprouvait elle-même tant de plaisir en compagnie de son frère qu'elle n'avait jamais imaginé qu'il pût aimer quelqu'un d'autre plus que les membres de sa famille.

« J'ai vraiment été stupide! pensa-t-elle. Ils sont absolument faits l'un pour l'autre. »

Grand, fort, viril, Kyril devait éprouver un désir de protéger devant la douceur, la féminité et la délicatesse de Stéphanie.

Comme elles avaient été élevées ensemble, Laetitia avait toujours considéré Stéphanie comme une sœur, mais elle savait maintenant que Kyril et elle étaient très assortis.

Stéphanie n'avait nullement hérité de la dureté agressive de sa mère, et on retrouvait en elle toute la gentillesse, la bonté et le charme de son père.

Ils seraient heureux ensemble, cela ne faisait aucun doute. Mais ils avaient aussi peu de chances de se marier qu'elle-même et Marie-Henriette en avaient de voir se réaliser les vœux dont elles parlaient tout à l'heure ensemble.

Si la grande-duchesse avait décidé que sa fille deviendrait reine, elle n'envisagerait à aucun moment un autre projet de mariage.

Que sa propre fille dût en être la victime et qu'elle fît ainsi son malheur, cela ne changerait rien à sa décision.

– Que puis-je faire, Laetitia? S'il te plaît... Laetitia... aide-moi, je t'en supplie, disait Stéphanie.

Laetitia retira son bras des épaules de sa cousine et se leva pour aller à la fenêtre.

– Il faut agir, dit-elle d'une voix décidée. Je crois que la première chose à faire c'est d'empêcher le roi de demander ta main.

Il y eut un silence. Sa sœur et Stéphanie la regardaient d'un air profondément étonné.

Alors, comme envoûtée par le pouvoir d'une telle déclaration, Stéphanie demanda :

– Tu vas... faire ça? Mais... comment?

– Je ne sais pas encore, répondit Laetitia, mais il doit bien exister un moyen et nous allons le trouver, et vite!

2

Songeant tout d'un coup qu'elle s'était attardée trop longtemps pour que son absence passe inaperçue, Stéphanie murmura :

– Il faut que je rentre. Maman ne doit absolument pas savoir que je suis venue vous voir.

– Tu as raison, reconnut Laetitia. Mais, ma chérie, essaie de ne pas trop désespérer. Je te promets de faire tout mon possible pour te sauver.

– C'est... c'est vrai? demanda Stéphanie d'une toute petite voix.

– Si cela est humainement possible, je te jure que tu épouseras Kyril et non le roi.

Sans répondre, Stéphanie passa ses bras autour de Laetitia et se serra contre elle, les yeux pleins de larmes.

– Je l'aime! je l'aime... tellement! Il faut absolument que je l'épouse! Mais maman sera... furieuse... tout à fait furieuse!

C'était vrai, et ce n'était même pas la peine de continuer à en parler. Il fallait agir maintenant.

Elle embrassa Stéphanie puis, pendant que Marie-Henriette l'embrassait à son tour, elle ouvrit la porte d'entrée et s'assura que la cour était toujours vide. Stéphanie partit en courant en direction du palais.

Il y avait toujours des sentinelles devant les grilles principales et les portes d'entrée, mais Stéphanie et ses cousines passaient par des portes latérales que l'on ne surveillait pas en permanence.

Laetitia la regarda courir jusqu'à ce qu'elle eût disparu derrière les buissons et les arbres du jardin, puis elle ferma la porte de leur petite maison et alla retrouver Marie-Henriette au salon.

– J'ai exactement la même impression que si la terre s'était mise à tourner à l'envers. Pourquoi n'avions-nous jamais deviné que Kyril et Stéphanie s'aimaient ?

– C'est vrai, nous aurions dû, répondit Marie-Henriette. Mais cousine Augustina ne les laissera jamais se marier.

– Nous ne pouvons pas permettre que l'on force la main à Stéphanie pour ce mariage alors qu'elle aime Kyril.

– Ce doit être horrible d'épouser quelqu'un que l'on n'aime pas, dit Marie-Henriette. Mais papa m'a expliqué un jour que c'était une des obligations de la royauté.

– Tu parlais de mariage avec papa ?

– Oui, et il me disait que si lui avait eu la très grande chance d'aimer maman et de pouvoir l'épouser, il n'en irait certainement pas de même pour nous.

– C'est drôle, cela ne lui ressemble pas.

– Il était bouleversé ce jour-là à cause de cousine Carlotta. Tu te souviens d'elle ? On l'avait forcée à épouser cet horrible prince de Wurtenberg et elle était si malheureuse qu'elle avait confié son chagrin à papa.

En y repensant, Laetitia se dit que presque tous les membres de leur famille s'étaient mariés pour des raisons politiques. L'amour n'avait apparemment pas grand-chose à faire dans tout cela.

L'exemple du grand-duc Louis et de la triste vie qu'il menait avec son épouse prussienne lui semblait particulièrement humiliant et dégradant.

— Je crois, dit-elle à haute voix, que les anarchistes n'ont pas complètement tort de vouloir abolir la royauté.

Marie-Henriette poussa un cri.

— Laetitia, comment peux-tu dire une chose pareille ?

— J'exagère peut-être, répondit Laetitia. Mais je crois en même temps que Stéphanie a raison. J'aimerais mieux être morte que mariée à quelqu'un que je n'aimerais pas.

— Elle aura des compensations, elle sera reine, dit Marie-Henriette pensivement.

Comme Laetitia ne répondait rien, Marie-Henriette continua :

— Elle aura toutes les belles robes qu'elle voudra, elle habitera dans un château confortable et on lui servira des mets plus délicieux les uns que les autres.

Laetitia poussa un soupir, mais ne chercha pas à discuter.

Marie-Henriette parlait souvent ainsi. Laetitia savait qu'elle avait beaucoup souffert de la situation qui était la leur depuis la mort de leur père et en particulier du manque d'argent qui les empêchait d'avoir de nouvelles toilettes.

Comme si ces pensées s'étaient communiquées à sa sœur, cette dernière s'écria :

— Laetitia ! Qu'allons-nous faire ? S'il y a un bal officiel, cousine Augustina sera bien obligée de nous inviter, que cela lui plaise ou non. Et nous n'avons rien, absolument rien à nous mettre!

C'était bien vrai.

– J'en parlerai à maman, dit Laetitia. Mais tu sais combien elle a du mal à joindre les deux bouts, en ce moment. Il ne lui reste plus rien à vendre que sa bague de fiançailles, et nous ne pouvons pas lui demander cela.

– Non, bien sûr que non, reconnut Marie-Henriette tout en se demandant en même temps à quoi servaient des diamants que l'on n'avait jamais l'occasion de montrer.

– Je trouverai bien quelque chose, dit Laetitia. Mais nous devons d'abord penser à Stéphanie et à ses problèmes.

– J'espère que tu ne lui as pas rendu les choses plus difficiles, dit Marie-Henriette. Elle croit maintenant que tu vas vraiment trouver quelque sortilège pour empêcher le roi de demander sa main. Mais je suis sûre que quand il viendra, cousine Augustina lui aura si bien mis la corde au cou qu'il n'y aura aucun moyen d'en échapper.

Cela était si indiscutablement vrai que Laetitia ne trouva rien à répondre. Elle sortit du salon, prit dans l'entrée le chapeau qu'elle portait depuis trois ans et sortit en disant :

– Je vais voir tante Aspasia pour lui demander conseil.

– Que veux-tu qu'elle fasse pour t'aider? demanda Marie-Henriette.

Mais elle n'avait pas fini sa phrase que Laetitia était déjà au milieu de la cour et se dirigeait vers une maison un peu plus grande que la leur.

C'est là que vivait leur grand-tante, depuis qu'elle avait été bannie du palais par l'épouse prussienne du grand-duc.

Ce geste avait été très critiqué, à l'époque, mais la princesse Aspasia s'était installée aussi confortablement que possible dans sa nouvelle maison et elle avait gardé avec elle quelques-uns de ses vieux domestiques du palais.

Comme elle avait du mal à marcher, elle ne pouvait prendre part à aucune des cérémonies de la cour. Rien pourtant de ce qui se passait au palais, dans la capitale ou le reste du pays, ne lui échappait.

Son « système d'espionnage », car c'en était bien un, intriguait tout le monde, mais personne ne doutait qu'elle fût la personne la mieux informée de tout l'Ovenstadt.

Beaucoup de gens avaient peur d'elle, certains, comme la grande-duchesse, la détestaient, mais Laetitia l'avait toujours trouvée passionnante, et elle savait que si quelqu'un pouvait l'aider maintenant, c'était bien la princesse Aspasia.

Elle fit résonner le heurtoir d'argent contre la porte et attendit que le vieux maître d'hôtel, traînant les pieds sur le parquet impeccablement ciré, vienne lui ouvrir.

– Bonjour, Félix! dit Laetitia.

– C'est vous, Votre Altesse! dit Félix en clignant des yeux, car sa vue commençait à baisser. Son Altesse Royale va être ravie de vous voir!

– Ce n'est pas la peine de m'annoncer, dit Laetitia, tout en sachant qu'il n'avait jamais eu l'intention de le faire car cela l'aurait obligé à monter les escaliers.

Elle courut au premier étage et se précipita dans le salon attenant à la chambre de la princesse.

C'était une pièce assez grande, comparée à celles des autres maisons autour de la cour, et il s'y trouvait une impressionnante collection d'objets que la princesse avait accumulés tout au long de sa vie et dont elle n'aurait voulu se séparer pour rien au monde.

Il y avait là d'innombrables petites pièces de porcelaine et d'argent dont on lui avait fait cadeau dans sa jeunesse et d'autres souvenirs tout aussi précieux, dont un portrait d'elle enfant et de nombreux autres dessins la représentant.

Elle conservait dans une boîte les médailles qu'avait portées son père, et sur une étagère l'épée avec laquelle son frère avait combattu lors d'une bataille depuis longtemps oubliée.

Il y avait aussi des bouquets de fleurs sèches et des bocaux de pétales séchés dont le parfum s'était depuis longtemps volatilisé.

Tout était disposé sur des guéridons et de petites tables basses qui encombraient le passage et Laetitia dut se frayer un chemin pour arriver jusqu'à la fenêtre où était assise la princesse.

Cette dernière leva la tête et sourit.

– Je t'attendais, ma chère.

Laetitia s'inclina, baisa la main puis la joue de la princesse et répondit, étonnée :

– Vous m'attendiez?

– Je savais que tu aurais envie de me parler de la visite du roi Viktor.

Laetitia la regarda, de plus en plus surprise.

– Vous êtes au courant de sa venue ici?

– Bien sûr, que je suis au courant, dit la princesse. Il y a des semaines que je sais que « Cette Femme » intrigue avec notre fourbe de Premier ministre afin de recevoir officiellement le roi Viktor en Ovenstadt.

Laetitia sourit et s'assit sur une chaise qui était toujours placée à côté du fauteuil de la princesse, afin que cette dernière, qui n'entendait plus très bien, ne perde rien de ce que lui racontaient ses visiteurs.

Aspasia avait été très charmante autrefois, sinon belle.

Comme pour beaucoup de jeunes filles de sang royal, il avait été décidé qu'elle veillerait sur ses parents et aucun mariage n'avait été arrangé; en conséquence, elle était restée vieille fille.

Malgré cela, et bien qu'elle eût maintenant près de quatre-vingts ans, elle avait gardé un esprit toujours alerte et Laetitia trouvait extrêmement amusante la façon si mordante dont elle parlait des gens qu'elle n'aimait pas.

« Cette Femme » était évidemment la grande-duchesse, et la vieille princesse ne cachait pas son mépris pour un Premier ministre qui ne devait son pouvoir qu'aux intrigues qu'il fomentait avec la grande-duchesse.

— Puisque vous savez que le roi Viktor vient ici, dit Laetitia, je suppose que vous êtes aussi au courant des intentions de cousine Augustina au sujet de Stéphanie.

— J'ai tout de suite compris qu'elle voulait ce mariage, dit la princesse. A-t-elle annoncé à sa fille le sort qu'elle lui réserve?

— Stéphanie était à la maison il y a quelques minutes, et elle est horriblement malheureuse, répondit Laetitia.

— Un de mes domestiques l'a vue traverser le jardin en courant, dit la princesse. Tu sais donc qu'elle est amoureuse de ton frère?

— Ça aussi vous le savez? s'exclama Laetitia qui décidément allait de surprise en surprise.

— Evidemment! répliqua vivement la princesse. Si tu avais des yeux pour voir, tu te serais rendu compte qu'ils n'ont fait que penser l'un à l'autre tout l'hiver!

Laetitia éclata de rire.

— Oh, tante Aspasia, vous êtes vraiment unique! Mais puisque vous semblez tout savoir, dites-moi par quel moyen je peux empêcher le roi Viktor de faire sa demande et aider Kyril à épouser Stéphanie.

Le vieux visage ridé changea tout d'un coup d'expression, passant de la ruse à la tristesse, et la vieille dame secoua la tête sans rien dire.

— Vous croyez que c'est impossible? demanda Laetitia.

— Je crois qu'il faudrait un miracle pour que Kyril et Stéphanie obtiennent l'autorisation de se marier. Tu sais bien que « Cette Femme » a l'intention de faire de sa fille une reine.

— Oui, je sais, dit Laetitia, mais Stéphanie est tellement désespérée qu'elle préférerait mourir plutôt que d'épouser le roi.

— Elle sera reine, et cela représente certaines compensations, dit la princesse d'un ton sec.

— C'est ce que dit Hettie, mais moi, je comprends ce que ressent Stéphanie. Je suis certaine que rien ne peut compenser le malheur d'épouser un homme alors qu'on en aime un autre.

— Le fait que Stéphanie soit amoureuse de Kyril complique beaucoup les choses, je le reconnais, répondit la princesse. Elle aurait pu être assez heureuse autrement, avec le roi Viktor.

Laetitia la regarda avec étonnement.

— Comment pouvez-vous dire cela, alors qu'il nous a toujours été décrit comme un horrible personnage?

— Ça, c'est ce qu'en pense « Cette Femme », répondit la princesse, tout simplement parce qu'il est assez peu conventionnel et ne correspond pas strictement aux critères prussiens de qualité.

Elle parlait d'un ton acerbe.

— J'aurais personnellement beaucoup aimé rencontrer le roi Viktor, continua-t-elle. D'après tout ce que j'ai entendu dire de lui, je suis certaine que nous nous entendrions très bien.

— Qu'avez-vous entendu dire de lui? demanda Laetitia.

— Des tas de choses que je ne devrais pas te répéter, répondit la princesse avec dans les yeux un nouvel éclat que Laetitia ne connaissait que trop bien.

La princesse pensait à quelque ragot amusant et sans doute peu convenable que lui avait rapporté un de ses informateurs.

— Racontez-moi, tante Aspasia, je vous en prie, supplia-t-elle.

— Pourquoi est-ce que cela t'intéresse tellement?

— J'ai promis à Stéphanie d'essayer de l'aider.

La princesse proféra un son à mi-chemin entre le rire et le grondement désapprobateur.

— Tu t'es engagée bien loin, petite fille, dit-elle à Laetitia. Fais attention à ce que « Cette Femme » ne t'entende jamais inciter sa fille à la révolte. Tu sais que tous ses ordres doivent être exécutés, et plutôt deux fois qu'une!

Laetitia éclata d'un rire irrépressible. Comme elle détestait la grande-duchesse, c'était une sorte de consolation que d'entendre quelqu'un en parler avec autant de dédain.

— S'ils pouvaient seulement s'enfuir! dit-elle avec tristesse. Mais Stéphanie pense que dans ce cas l'armée aurait vite fait de les retrouver et que Kyril pourrait être emprisonné et même fusillé pour trahison.

– C'est exactement ce qui se passerait si « Cette Femme » les surprenait, dit calmement la princesse. Il faut trouver autre chose.

– Il nous reste peu de temps, dit Laetitia qui suivait le cours de ses pensées. Le roi arrive dans une semaine. Cela nous donne jusqu'à jeudi.

– C'est exact, répondit la princesse. J'ai entendu dire qu'il se rendra directement de son palais de Zvotana au château de Thor, dans nos montagnes.

Laetitia poussa un petit cri.

– Je n'y avais pas pensé. Evidemment! C'est le seul endroit où il puisse faire étape!

Elle connaissait bien le château de Thor qu'elle aimait beaucoup. Pendant toute son enfance, elle y avait passé des vacances d'hiver avec son père et le grand-duc.

Comme la grande-duchesse détestait le froid et que les affaires de l'Etat la retenait dans la capitale, elle ne les y accompagnait jamais. Ces vacances étaient donc pour Laetitia et les autres enfants les plus merveilleuses qu'ils aient jamais eues, sans personne pour les morigéner constamment, et ils faisaient toutes sortes de choses qu'on leur interdisait habituellement.

Le grand-duc et son père escaladaient les montagnes qui s'élevaient derrière le château ou partaient se promener à cheval sur les hauts plateaux environnants, pendant que les enfants faisaient de la luge et que Kyril se lançait à l'assaut des murs du château. Car il aimait grimper sur les tours et marcher sur les créneaux pour montrer qu'il n'avait peur de rien.

Le soir, comme la grande-duchesse n'était pas là, ils avaient le droit de rester tard dans la grande salle du château, à chanter et à danser devant les immenses cheminées où brûlaient des arbres entiers.

La princesse Olga jouait du piano et les trois petites filles et leurs frères, Kyril et le prince Otto, dansaient des danses gitanes qu'ils connaissaient depuis leur plus tendre enfance.

Ils jouaient aussi aux charades et montaient même des pièces écrites et mises en scène par Laetitia, à la fois très tragiques et très drôles, sans que cela ait été prévu d'avance.

Mais après la mort du prince Paul, c'en avait été fini de leurs séjours au château de Thor.

Laetitia savait que la grande-duchesse avait délibérément supprimé ces vacances ainsi d'ailleurs que les autres réjouissances auxquelles la famille du prince Paul aurait pu participer.

— Evidemment, répéta Laetitia à voix haute, c'est là que le roi s'arrêtera. J'espère que le château lui plaira. Papa l'adorait...

A la façon dont la jeune fille avait dit cela, la princesse comprit combien elle regrettait le temps passé, et elle lui fit remarquer :

— Je ne sais pas s'il pourra apprécier grand-chose au cours d'un voyage organisé par « Cette Femme » et lorsqu'il saura pourquoi il a été invité en Ovenstadt.

— Ce que je ne comprends pas, dit Laetitia, c'est pourquoi un roi qui règne sur un pays beaucoup plus grand et plus important que le nôtre vient ici satisfaire les intrigues de cousine Augustina et bouleverser nos vies.

— Je sais que tu es curieuse d'en savoir plus sur lui, dit la princesse. Je vais donc te raconter ce que je sais, ou plutôt ce qu'il est sage que tu entendes à son sujet.

– S'il vous plaît, demanda Laetitia, racontez-moi tout. Je cherche désespérément le moyen de sauver Stéphanie, et je n'y arriverai pas sans votre aide.

– D'après ce que j'ai entendu dire, commença la princesse, le roi Viktor a de graves problèmes dans son pays en ce moment.

– Et pourquoi cela? demanda Laetitia.

– Il n'y a que trois ans qu'il est monté sur le trône, expliqua la princesse, et auparavant, par suite de l'incompétence d'un régent stupide, la situation s'était totalement dégradée en Zvotana.

– Dégradée en quel sens?

– Des révolutionnaires avaient monté le peuple contre la monarchie, et tout s'était détérioré sur le plan économique comme sur le plan politique. Le roi Viktor, qui a été élevé en France, a été pour ainsi dire parachuté au milieu d'un désordre qui aurait fait peur à n'importe quel autre jeune homme.

– Un jeune homme? demanda Laetitia. Je pensais qu'il avait au moins trente ans!

– Il les aura bientôt, Laetitia, mais il y a peu de temps qu'il est sur le trône, car il n'est que le neveu du roi précédent, non son fils.

– Et qu'est-il arrivé au prince héritier?

– Boris, le prince héritier, était très jeune à la mort de son père; c'est pourquoi la conduite du pays fut confiée à un régent. Et juste avant de prendre à son tour le pouvoir – il allait avoir vingt et un ans –, Boris se battit en duel.

Laetitia ne perdait pas un mot de ce que racontait la princesse.

– Si le régent, continua cette dernière, n'avait pas été si sot, une chose pareille ne serait jamais arrivée. Mais il ne l'apprit que lorsqu'il était déjà trop tard.

– Et le prince héritier fut tué?

– Mort sur le coup. Et tout cela à cause d'une actrice avec laquelle il n'aurait jamais dû se compromettre.

– Ça a dû faire un beau scandale, dit Laetitia.

– Toutes les cours d'Europe n'ont parlé que de cela, à l'époque, répondit sèchement la princesse. Mais on a essayé d'étouffer l'affaire, et Viktor, qui était encore à Paris où il menait la belle vie, fut appelé d'urgence en Zvotana pour régner sur un pays où il n'avait pas mis les pieds depuis des années.

La princesse eut un petit rire.

– Cela m'a toujours désolée pour lui. Ces trois dernières années ont dû être très pénibles pour ce pauvre garçon.

– Pourquoi alors cousine Augustina a-t-elle toujours dit qu'il était épouvantable, qu'elle ne voulait pas l'inviter au palais, et que de toute façon il avait du sang gitan?

– Tu es trop jeune pour que je réponde à la première partie de ta question, répondit la princesse, mais ses yeux brillaient.

– Vous voulez dire qu'elle trouvait le roi immoral?

– Il avait pris goût aux plaisirs de la vie en France, et il ne voyait pas pourquoi le fait d'être roi devait changer quelque chose! Et il y avait en Zvotana, cela va sans dire, de nombreuses femmes ravissantes qui ne demandaient qu'à le distraire et à lui faire oublier les affaires de l'Etat.

– Ce que cousine Augustina trouve certainement très choquant.

– S'il existe des endroits mortellement tristes et ennuyeux, répondit la princesse, ce sont bien ces cours de type prussien comme celle que « Cette Femme » essaie d'installer ici.

Elle soupira.

– Le palais était toujours plein de gaieté, quand mon père était grand-duc, et le peuple d'Ovenstadt est un peuple heureux quand on le laisse en paix.

– C'est ce que papa disait toujours.

– Ton père était un vrai Ovenstadt, répondit la princesse. Une famille heureuse dans laquelle on chante et on danse et qui, parce qu'elle est heureuse, veut que tout le monde le soit aussi.

Elle accompagna la fin de sa phrase d'un geste expressif de sa main aristocratique et ajouta :

– Mais si quelqu'un essayait d'expliquer cela à « Cette Femme », elle ne comprendrait même pas de quoi nous causons.

– Parlez-moi encore du roi.

– Répondre à la fin de ta question est simple, dit la princesse. Il a évidemment du sang gitan, tout comme nous en avons.

– Cousine Augustina dit que ce n'est pas vrai.

– Elle ne croit que ce qu'elle veut croire, répliqua la princesse. Mais toi, mon enfant, tu as bien les magnifiques cheveux noirs de notre ancêtre gitan.

– Je suis si heureuse que vous croyiez à cette légende, dit Laetitia. Je n'avais jamais osé vous en parler, car j'aurais été tellement déçue si vous m'aviez dit qu'elle n'était que mensonges !

– Elle ne raconte que la pure vérité, dit la princesse d'un ton sans réplique. Mon arrière-arrière-grand-père avait emmené sa femme chez tous les plus grands médecins et dans toutes les villes de cures, avant de rentrer ici désespéré et de demander à un gitan de faire ce qu'il était lui-même incapable de réaliser.

La princesse avait parlé sans réfléchir, puis, son-

geant soudain combien Laetitia était jeune et innocente, elle ajouta très vite :
– Il s'agissait de magie, bien sûr. Et le fils que mon arrière-arrière-grand-mère mit au monde était si beau que les dames de la cour n'avaient d'yeux que pour lui et que certaines allaient jusqu'à s'évanouir quand il leur parlait!

Laetitia serra ses mains l'une contre l'autre.
– Je suis si heureuse que vous me disiez cela. J'y ai toujours cru, et cette histoire fait de nous tous des êtres tellement plus romanesques.

Puis, comme si elle se rappelait soudain les problèmes de Stéphanie, elle demanda :
– Racontez-moi comment le roi a lui aussi du sang gitan.
– C'est beaucoup plus direct que pour nous, répondit la princesse. Car son arrière-grand-père avait épousé une gitane.
– Epousé! s'exclama Laetitia.
– C'était une tzigane russe. Les Russes ont toujours beaucoup mieux traité leurs tziganes que les autres pays d'Europe. Parce que les tziganes dansent et chantent si merveilleusement bien, c'était toujours, chez les grands-ducs et les princes russes, à qui engagerait les meilleurs pour animer leurs soirées.

Elle s'interrompit, et comme Laetitia écoutait, fascinée, elle reprit :
– L'arrière-grand-mère du roi Viktor, Saviya, était la plus grande danseuse tzigane qui ait jamais vécu. Elle dansait à la cour du tsar, et le roi de Zvotana, qui était en visite à Saint-Pétersbourg, tomba amoureux fou d'elle.
– Et elle accepta de l'épouser?
– Les gitans, comme tu le sais j'espère, sont à leur façon très stricts en ce qui concerne la moralité.

Saviya refusa de devenir la maîtresse du roi, car elle avait sans doute l'intention d'épouser un jour un homme de sa tribu.

– Mais elle l'épousa?

– La légende dit qu'ils furent parfaitement heureux, mais quand il la ramena chez lui, en Zvotana, ce mariage, comme tu l'imagines, souleva une grande désapprobation. Certains membres de la famille royale refusèrent catégoriquement de la recevoir.

– Qu'arriva-t-il ensuite?

– Elle mourut en donnant naissance à leur premier enfant, une fille.

– Quel malheur! dit Laetitia.

– Le roi, je crois, en eut le cœur brisé. Mais il fut évidemment obligé de se remarier pour donner un héritier à la couronne. Ce fils était le grand-père de Boris qui, comme je te l'ai dit tout à l'heure, fut tué dans un duel.

– Et qu'arriva-t-il à la fille de Saviya?

– Par un heureux tour du destin, ou peut-être grâce à la magie des gitans, répondit la princesse, elle épousa un cousin du roi et ils eurent une fille qui épousa à son tour l'oncle de Boris. Ils eurent un fils, Viktor, qui succéda donc à son oncle quand Boris fut tué.

– Quelle histoire passionnante! dit Laetitia. Et est-ce que le roi ressemble à un gitan?

La princesse sourit.

– Voici une question à laquelle je ne peux répondre, car je ne l'ai jamais vu. Mais si l'on s'en réfère à notre famille, son sang gitan a certainement fait de lui un homme aussi beau que Kyril.

Cette réflexion rappela à Laetitia le motif de sa visite.

– Si beau que soit le roi, dit-elle, presque comme

si elle se parlait à elle-même, il sera toujours impossible à Stéphanie de l'aimer autant qu'elle aime mon frère.

– C'est sans doute vrai, dit la princesse, mais les membres des familles royales doivent épouser qui on leur dit d'épouser et « Cette Femme » veillera à ce que Stéphanie se plie à sa volonté.

– Que pouvons-nous faire pour empêcher cela ? demanda Laetitia, effondrée.

– J'aurais bien voulu t'aider, mon enfant.

La princesse s'arrêta un moment, puis reprit :

– Tout ce que je peux faire, c'est de chercher à apprendre ce qu'en pense le roi lui-même.

– Pourquoi voudrait-il se marier avec Stéphanie, alors qu'il ne l'a seulement jamais vue ? demanda Laetitia.

– Il a vu un portrait d'elle.

– Comment le savez-vous ?

Mais avant que la princesse n'ait eu le temps de répondre, Laetitia poussa un cri.

– Evidemment ! Je me souviens de ce portrait qui a été fait de Stéphanie il y a à peu près un mois.

– Exactement ! dit la princesse. « Cette Femme » avait déjà l'intention d'envoyer le portrait en Zvotana. Or, elle avait dit à Stéphanie qu'elle le faisait faire pour l'offrir au grand-duc.

– Et Stéphanie était ravissante, sur ce portrait ! dit Laetitia. Mais cela n'explique pas pourquoi le roi voudrait l'épouser.

– Je crois que c'est pour les jeux du cirque, dit la princesse d'un ton sec.

Laetitia, qui était une jeune fille cultivée, savait qu'à Rome on avait coutume de distraire le peuple après les souffrances vécues sur les champs de bataille ou les privations, et qu'on organisait de magnifiques spectacles dans le *Cirque Maxime* : pièces de théâtre, courses de chars et combats de fauves étaient montrés à des milliers de spectateurs enthousiastes qui oubliaient ainsi leurs malheurs.

– Le mariage du roi et de Stéphanie serait donc une manœuvre politique de diversion en Zvotana! dit Laetitia.

– Dans tous les pays, les femmes aiment les mariages, répondit la princesse, et tu verras qu'ici la foule oubliera pendant au moins un jour combien elle déteste « Cette Femme », les nouvelles lois et les impôts qu'elle instaure au nom de ce pauvre Louis.

Laetitia regarda sa grande-tante, étonnée.

– Vous croyez que le peuple déteste cousine Augustina autant que nous?

– Bien plus encore, répondit la princesse, et si on a besoin de jeux de cirque en Zvotana, il en va exactement de même en Ovenstadt.

– Je ne savais pas que cela allait si mal! dit Laetitia.

– La politique du Premier ministre a fait monter le coût de la vie de façon vertigineuse, et quand le peuple a faim, il se révolte.

– Il se révolte? balbutia Laetitia.

– Je voudrais tellement que Louis se rende compte de ce qui se passe en ce moment!

– Peut-être maman pourrait-elle lui parler?

– J'y ai pensé, répondit la princesse, et je crois que ta mère est la seule personne qui pourrait l'inciter à se reprendre et à empêcher pendant qu'il en est temps encore le pays de sombrer dans la ruine.

– Alors pourquoi ne lui dites-vous pas ce que vous êtes en train de me dire? demanda Laetitia.

La princesse hésita un moment.

– J'y ai pensé depuis longtemps, ma chère. Mais

je sais combien vous souffrez déjà simplement parce que « Cette Femme » vous déteste et vous jalouse, et cela ne ferait que compliquer les choses.

Laetitia savait, sans que la princesse ait à le dire, que si leur cousine Augustina soupçonnait le grand-duc de parler politique avec leur mère, elle s'arrangerait pour leur rendre la vie encore plus difficile.

– Que pouvons-nous donc faire ?

– S'amuser aux jeux du cirque, je suppose ! répondit la princesse.

– Non, non ! s'écria Laetitia. Nous ne pouvons être aussi faibles pour laisser plonger Kyril et Stéphanie dans le malheur jusqu'à la fin de leurs jours !

La princesse sourit.

– On dirait ton père. Tu parles exactement comme lui quand il avait décidé d'aider quelqu'un, ce qu'il ne manquait jamais de faire !

– Si papa était ici maintenant, dit Laetitia, il me dirait de faire quelque chose pour empêcher qu'ils ne souffrent injustement.

– C'est vrai, reconnut la princesse. Mais cette fois, je crois que malheureusement même ton père ne trouverait pas de solution.

– Il doit pourtant bien en exister une, affirma Laetitia. Nous sommes aujourd'hui mardi ; nous avons exactement une semaine devant nous avant l'arrivée du roi au château de Thor.

Elle avait dit cela d'une voix vibrante et la princesse, qui la regardait sans rien dire, songea combien elle était belle.

« Trop belle pour être enfermée dans cette minable petite maison de l'autre côté de la cour, se dit-elle, et beaucoup trop belle pour que « Cette Femme » ne l'accepte! »

Elle se sentit soudain très vieille et bien inutile.

Puis, avec cette intuition qu'ont quelquefois les personnes âgées, elle dit presque malgré elle :

– Je ne sais comment cela sera possible, mon enfant, mais parce que tu es si décidée et que ta cause est juste, je sens que tu trouveras le moyen d'aider Stéphanie et Kyril!

De retour chez elle, Laetitia entendait encore les paroles de la princesse résonner dans ses oreilles, comme un clairon la conviant à se battre.

Et pourtant ses idées étaient si peu claires qu'elle n'arrivait même pas à décider par quel bout elle devait prendre les choses.

Après le déjeuner, un maigre repas qu'elles avalèrent sans savoir ce qu'elles portaient à leur bouche tant elles étaient préoccupées par le futur mariage de Stéphanie, Laetitia dit à sa mère :

– Je crois que je vais aller me promener à cheval cet après-midi, maman.

– Si tu veux, ma chérie, approuva la princesse Olga. Mais demande à Gustave de t'accompagner. Tu sais combien cousine Augustina est choquée lorsqu'elle te voit partir seule.

– Gustave se fait vieux, maman; il a déjà du mal à s'occuper des chevaux. Pourquoi devrait-il en plus monter avec moi? C'est bien fatiguant pour lui, répondit Laetitia. Je me tiendrai hors de vue du palais afin que ni cousine Augustina ni aucun de ses espions ne puissent m'apercevoir.

La princesse Olga soupira mais ne dit rien.

Tout le monde savait que la grande-duchesse avait introduit avec elle dans le palais un certain nombre de domestiques prussiens chargés de lui rapporter tout ce qui se passait, et en particulier ce qui concernait la famille du prince Paul.

Laetitia se rendit aux écuries qui n'abritaient plus que deux des chevaux que leur père avait possédés de son vivant.

C'étaient deux très jeunes étalons sur lesquels le prince avait fondé de grands espoirs quand il les avait achetés. Et il aurait été heureux de voir que ses espoirs étaient justifiés car ces deux chevaux étaient aussi magnifiques l'un que l'autre et faisaient les délices de Laetitia et de Marie-Henriette quand Kyril n'était pas là. Car autrement c'était toujours lui qui les montait.

Laetitia, vêtue d'une amazone très seyante mais usée jusqu'à la corde tant elle l'avait portée, jeta son dévolu sur *Kaho*.

La grande-duchesse n'aurait certainement pas apprécié l'origine de ce nom si elle l'avait connue, car il signifiait « chef », dans la langue des gitans.

Le prince Paul avait baptisé tous ses chevaux de noms gitans, et *Kaho* avait vraiment l'allure d'un chef, et se conduisait comme tel.

Elle s'éloigna des écuries en se tenant autant que possible à l'ombre des grands arbres qui la cachaient du palais, jusqu'à ce qu'elle eût laissé la capitale loin derrière elle.

Tout en galopant dans la vallée, elle songea une fois de plus combien son pays était beau et combien elle l'aimait.

Elle voyait au loin la chaîne de montagnes qui formait une longue frontière naturelle avec la Zvotana et d'autres pays moins amis.

Certaines de ces montagnes étaient si hautes que même au plus chaud de l'été il y avait de la neige sur les sommets et dans les crevasses qui en descendaient. En cette fin de printemps, les pics resplendissaient dans toute leur blancheur contre le bleu du ciel.

Après la fonte des neiges, des myriades de fleurs sauvages coloraient les prairies inondées par le fleuve en crue. Tout était si beau que c'était presque dommage de laisser *Kaho* les piétiner.

Un nuage de papillons attira son attention. Les insectes, telles des créatures féeriques, la guidaient à travers l'herbe épaisse.

Maintenant qu'elle se trouvait loin de la ville, elle se mit à chercher tout autour d'elle ce pour quoi elle était venue.

D'après ce que la princesse Aspasia lui avait appris sur les origines du roi Viktor, sa seule chance de trouver une solution au problème de Stéphanie se trouvait auprès des gitans.

Peut-être lui apprendraient-ils à utiliser sur le roi quelque charme magique, ou peut-être simplement lui apporteraient-ils l'inspiration qui lui manquait.

Quoi qu'il en fût, un instinct trop fort pour y résister l'attirait chez les gitans.

Dès qu'on sortait de la ville, on en croisait sur tous les chemins à cette époque de l'année. Mais il lui fallut cette fois une bonne heure de route avant que Laetitia aperçût dans le lointain ce qu'elle cherchait.

C'étaient des toits arrondis de roulottes peintes de couleurs vives, puis les silhouettes des gitans tout autour.

Si seulement ce pouvait être une tribu importante, d'origine hongroise, de préférence.

A l'est, l'Ovenstadt avait une frontière commune avec la Hongrie, et là-bas les gitans, qui avaient pourtant été si souvent persécutés et poursuivis, étaient plus racés et de lignée plus ancienne que la plupart de ceux que l'on rencontrait habituellement dans la région.

En Hongrie, le chef de tribu s'appelait *Duc de petite Egypte*, et le roi de Hongrie lui assurait autrefois protection.

Une fois tout près du campement, Laetitia ressentit profondément que la chance était de son côté. C'étaient bien des Hongrois, et même des gitans Kalderash, tribu à laquelle on devait les magnifiques timbales d'or qui ornaient les tables des aristocrates hongrois et qui possédait des talents magiques exceptionnels.

« Voilà ce qu'il me faut », se dit Laetitia.

Elle s'avança, certaine d'être bien accueillie, car ils sauraient qui elle était. Mais son cœur battait la chamade : quelque chose lui disait qu'elle allait trouver là le moyen de sauver Stéphanie.

Il y avait là huit roulottes, toutes plus joliment peintes les unes que les autres.

A son arrivée, de nombreux visages à la peau sombre et aux yeux soupçonneux se levèrent vers elle et la fixèrent avec curiosité.

Ils étaient particulièrement beaux, avec leurs pommettes hautes, leur regard profond et leurs cheveux noir de jais. Originaires de Hongrie, ils devaient avoir aussi du sang russe.

Puis une des femmes la reconnut et elle dit aux autres quelques mots parmi lesquels Laetitia reconnut son nom.

Immédiatement, les visages tournés vers elle devinrent plus souriants, et les enfants, aux grands yeux de gazelle, coururent à sa rencontre.

Laetitia arrêta son cheval.

– Bonjour! leur dit-elle en langue gitane. Je voudrais parler à votre *Voivode*.

En l'entendant s'exprimer dans leur langue, les

femmes, coiffées de foulards rouges avec aux oreilles de lourds anneaux dorés, se mirent à applaudir, ravies.

Puis un jeune garçon s'élança vers une caravane placée au milieu du campement, et quelques instants plus tard apparut un homme en qui Laetitia reconnut *Duc de petite Egypte*.

Il portait une veste bleue et de hautes bottes. Son gilet était fermé par des boutons dorés et une lourde chaîne d'or pendait à son cou.

Il avait à la main un bâton appelé *bare esti robli rupui*, dernier vestige d'un sceptre royal, entièrement en argent, et dont la poignée était ornée d'un gland rouge. Sur ce bâton était gravé le *Semno*, ou « Signe » authentique des gitans, avec ses cinq chiffres rituels.

Tandis qu'il s'approchait, Laetitia descendit de cheval. Deux jeunes garçons vinrent immédiatement s'en occuper.

Puis, se frayant un passage à travers la foule des gitans jusqu'au Voivode, elle lui tendit la main.

— Comme vous devez déjà le savoir, lui dit-elle, je suis la princesse Laetitia d'Ovenstadt. Et j'aimerais, si cela était possible, vous parler seul à seule.

Il s'inclina et lui prit la main, la saluant d'égal à égal.

— J'en serai très honoré, Votre Altesse, répondit-il dans la langue de la jeune fille.

Passant entre les roulottes, ils se dirigèrent vers la plus belle. Une chaise était installée devant.

Le Voivode claqua des doigts, et un jeune gitan courut en chercher une autre.

— Asseyez-vous, Altesse, dit le Voivode.

Tous deux s'installèrent.

— Où allez-vous ? lui demanda-t-elle.

– Certainement pas dans votre ville, si c'est ce qui vous inquiète.

– Non, ce n'est pas cela, répondit Laetitia. Et je ne peux que vous demander pardon pour ces nouvelles lois qui vous empêchent de vous déplacer librement dans notre pays comme vous en aviez l'habitude autrefois. Je sais que mon père, le prince Paul, en aurait été bien malheureux.

– Son Altesse manque à tout le pays, dit le Voivode. Mais nous sommes surpris par l'attitude du grand-duc. Pourquoi laisse-t-il cette Prussienne bafouer l'hospitalité qui nous a toujours été accordée?

– Elle ne croit pas, comme nous, que nous soyons de même sang.

Elle avait délibérément choisi de dire cela et vit dans les yeux du Voivode non seulement qu'il était heureux de sa remarque, mais étonné aussi qu'elle semblât la trouver si naturelle.

– La famille Rakonzi a un ancêtre gitan, continua Laetitia, et le roi Viktor de Zvotana aussi.

Le Voivode hocha la tête, comme pour montrer qu'il savait tout cela.

– Et je viens maintenant vous demander un grand service.

– Demandez, Votre Altesse, demandez.

Très calmement, Laetitia lui expliqua en quelques mots ce qu'elle voulait et il lui promit son aide.

– Merci mille fois! je vous suis profondément reconnaissante.

– Etant donné que nous sommes, comme vous l'avez dit, de même sang, dit le Voivode, j'espère que vous accepterez notre hospitalité. Il est trop tôt pour dîner, mais puis-je me permettre d'offrir à Votre Altesse un verre de vin?

– Avec plaisir, répondit Laetitia.

Elle savait combien il aurait été offensé par un refus, car c'était un honneur rare que d'être invité à boire avec le Voivode.

Les tribus de gitans restaient très fermées, et seules des circonstances exceptionnelles les poussaient à inviter à leur table des « étrangers ».

Le Voivode se leva et donna un ordre à quelqu'un à l'intérieur de la roulotte.

Un instant plus tard, deux ravissants gobelets d'or incrusté de pierres rares, pleins de vin, furent tendus par une femme dont Laetitia ne vit que les doigts couverts de bagues et les poignets alourdis par des lourds bracelets d'où pendaient d'innombrables pièces d'or.

Le Voivode se saisit des gobelets et en tendit un à Laetitia. C'était un objet d'une telle beauté qu'elle ne put s'empêcher de s'exclamer :

– Je n'ai jamais rien vu d'aussi ravissant ! Ils ont été faits par l'un des vôtres ?

– Ce ne sont que des copies, répondit le Voivode. Les vrais sont dans ma famille depuis des générations, et même les autres Kalderash les admirent car ils sont travaillés de façon tout à fait inhabituelle.

– Des objets aussi beaux doivent faire bien des envieux, dit Laetitia.

– Si vous pensez aux voleurs, répondit le Voivode, ne vous inquiétez pas. Ils ont bien trop peur du mauvais sort pour toucher à ce qui nous appartient. Seuls les soldats osent nous traiter brutalement, et même eux ont peur quelquefois.

– Ils ont peur de vos pouvoirs magiques, dit lentement Laetitia, et c'est justement pour cela que j'ai besoin de vous maintenant.

– Je penserai à ce que vous m'avez expliqué, répondit le Voivode.

– Vous allez m'aider, n'est-ce pas? demanda Laetitia.

– Vous savez déjà, il me semble, que votre sang a fait appel au mien, et que tout ce qui est en notre pouvoir est à votre disposition, dit le Voivode comme s'il lui reprochait son manque de confiance.

– Pardonnez-moi, lui dit-elle. Mais il y a tant de bonheur en jeu, et je ne peux m'empêcher de penser que faire le malheur des gens uniquement par cupidité et soif de pouvoir, cela est inacceptable.

Elle pensait à la grande-duchesse, et comme s'il avait lu dans ses pensées, le Voivode dit d'une voix calme :

– C'est une mauvaise femme, mais pour ceux qui croient, nous avons un pouvoir magique plus efficace que les puissances des ténèbres.

– Je crois en votre pouvoir, j'y crois vraiment, dit Laetitia.

Le Voivode sourit, heureux de cette déclaration.

– Je sais que vous avez parlé avec votre cœur, Votre Altesse, dit-il, et le pouvoir magique des Kalderash repose sur la force de l'amour.

Puis comme s'il n'y avait plus rien à ajouter, il vida son verre. Laetitia, sentant ce qu'il attendait d'elle, en fit autant.

Ce vin, doux et léger, était différent de tous ceux qu'elle avait bus jusque-là. Il semblait glisser en elle comme la lumière du soleil. Elle se demanda un instant si lui aussi était magique – s'il s'agissait de ce que les paysans de la région appelait un « philtre d'amour ».

Puis elle sourit de l'absurdité de cette pensée et dit en se levant :

– Merci une fois encore de votre gentillesse, de votre hospitalité et de votre promesse.

Le Voivode prit sa main dans la sienne.

– Allez en paix. La voie vous sera bientôt montrée, il faudra alors que votre cœur la suive.

Il avait parlé d'un ton solennel, presque comme s'il la bénissait, et, sans penser à l'étrangeté de son geste, Laetitia s'inclina devant lui.

Quand elle s'éloigna pour retrouver *Kaho* qui l'attendait, elle eut l'impression, peut-être à cause du vin qu'elle avait bu, que la lumière du soleil était particulièrement dorée, et elle se sentit merveilleusement heureuse.

3

Quand elle se retrouva dans la cour devant leur maison, Laetitia vit une voiture aux armes du grand-duc.

Au lieu d'entrer directement dans le petit salon elle passa par-derrière et ouvrit la porte de la salle à manger.

C'était une pièce minuscule, séparée du salon par un rideau que l'on tirait pour réunir les deux pièces. On le faisait rarement, car il fallait beaucoup de moyens pour recevoir; mais Laetitia savait que derrière le rideau elle pourrait entendre la conversation.

Un instant elle crut que c'était la grande-duchesse. Il y avait eu tant d'événements, ces derniers jours, que la grande-duchesse avait bien pu s'apercevoir de quelque chose et venir faire une scène à sa mère.

C'est donc avec soulagement qu'elle entendit la voix du grand-duc :

– C'est intolérable! Mais je ne peux rien y faire.

Laetitia s'immobilisa, inquiète. Que se passait-il maintenant pour qu'il parle ainsi?

– Je suis désolée pour vous, mon cher Louis, répondit la princesse Olga. J'ai du mal à croire

qu'Augustina ait opté pour des projets si contraires au protocole.
- Elle est décidée à asseoir son autorité, dit le grand-duc amer, mais ce n'est pas tout.
- Qu'y a-t-il d'autre? demanda la princesse Olga.
- Le dernier jour de sa visite ici, répondit le grand-duc, le roi recevra l'Ordre de la Liberté. Vous connaissez la tradition, chère Olga : celui qui est sur le trône remettra cette décoration.
- Oui, bien sûr, répondit la princesse Olga. Je me souviens de l'impressionnante cérémonie qui eut lieu pour l'empereur d'Autriche. Vous vous en étiez merveilleusement acquitté...
- C'est ce qui était prévu cette fois-ci aussi.
- Et tel n'est pas le cas?
- Ma femme tient à se rendre à la mairie avec Otto, répondit le grand-duc. C'est elle qui recevra le roi à son arrivée et qui lui présentera les clés de la ville.
Il y eut un instant de silence. Sans doute la princesse devait-elle regarder le roi avec ébahissement.
- Et vous-même, où serez-vous? demanda-t-elle finalement.
- Ma femme veut que je prenne sa place dans la voiture qui conduira le roi Viktor, répondit le grand-duc. Et comme il aura déjà demandé la main de Stéphanie, celle-ci montera aussi avec nous.
Laetitia retint sa respiration. Puis elle entendit sa mère :
- Mais c'est inacceptable, Louis! Je ne peux pas supporter l'idée qu'on vous humilie ainsi! Vous devez refuser que Augustina joue votre rôle devant tout le pays.
- J'en ai déjà discuté avec elle au point d'en

perdre la voix, répondit le grand-duc. Mais elle est décidée, et rien de ce que je pourrai dire encore ne la fera changer d'avis.

Il y eut un nouveau silence puis la princesse murmura avec un sanglot dans la voix :

– Je suis désolée, Louis. Tellement désolée. Si seulement je pouvais vous aider!

– Vous m'aidez, Olga, répondit le grand-duc. Vous êtes la seule personne qui comprenne, la seule à qui je puisse me confier.

Le ton avait changé et Laetitia sentit qu'il n'était pas bien de continuer à écouter une conversation qui prenait un tour plus intime.

Elle sortit de la pièce et monta dans sa chambre.

Décidément, la visite du roi Viktor créait des problèmes pour tout le monde.

Stéphanie était désespérée. Et quand Kyril arriverait le lendemain, il le serait tout autant en apprenant le sort qui leur était réservé.

La grande-duchesse, comme si cela ne lui suffisait pas, humiliait en plus son mari, ce qui allait affecter à son tour la princesse Olga.

– Comment une seule femme peut-elle causer tant de malheurs? se demanda Laetitia, animée par cette même haine qu'avaient manifestée les gitans envers la grande-duchesse.

Elle ferma sa porte à clé et sortit d'un tiroir une robe sur laquelle elle avait travaillé à tous ses instants de liberté.

C'était une robe de gitane qu'elle avait fait faire trois ans plus tôt au château de Thor, lors des dernières vacances qu'ils avaient passées avec leur père, pour jouer une pièce qu'elle avait écrite sur les gitans.

A la fin, ils avaient tous dansé autour d'un feu de

camp sur des airs tziganes que sa mère jouait au piano.

Le grand-duc et son père avaient applaudi au spectacle, et ils l'avaient particulièrement complimentée sur sa façon de danser.

Elle s'était longuement entraînée, avant même ce séjour au château de Thor. Une fois ou deux elle s'était glissée hors de la maison, le soir, en cachette de ses parents, pour aller regarder danser les gitans qui venaient d'établir leur campement à proximité.

Elle avait enregistré mentalement leurs pas et leurs gestes et la façon extraordinaire dont ils sautaient par-dessus le feu.

Une des servantes du château avait cousu sur cette robe des perles dorées, des pièces et des rubans comme ceux qu'accrochent les gitanes à leurs grandes jupes et à leurs blouses.

Seul le corselet très ajusté de la robe n'était pas orné, et Laetitia savait qu'en marquant ainsi sa taille fine et élancée elle ressemblait à une sylphide.

Elle avait aussi mis un foulard rouge bordé de pièces dorées qui tintaient les unes contre les autres quand elle dansait, tout comme tintaient les bracelets qu'elle portait aux chevilles et aux poignets qui retenaient des rubans rouges.

Les bijoux des gitanes étaient presque toujours en or véritable, mais pour une tenue de scène, c'était une bonne imitation, et personne ne s'attendait à ce qu'elle porte comme les femmes kalderash de vraies pierres précieuses et des pièces d'or.

Elle avait beaucoup changé physiquement, en trois ans, et il avait fallu élargir et rallonger cette robe. Mais elle était adroite de ses mains et lorsque ce fut fait, le résultat était encore plus beau qu'avant.

Elle y travailla une heure, puis la replaça dans le tiroir qu'elle ferma à clé pour éviter que quelqu'un ne tombât dessus par hasard.

S'étant assurée que la voiture du grand-duc n'était plus devant leur porte et qu'il avait donc pris congé de sa mère, elle redescendit au rez-de-chaussée.

Elle trouva la princesse assise dans le salon, le visage empreint d'une grande tristesse.

— Je t'ai entendue rentrer, ma chérie, dit-elle. Mais comme tu l'as compris, cousin Louis était avec moi.

— Je suppose qu'il est venu te raconter ses malheurs, maman.

— Je voudrais tellement pouvoir l'aider, dit la princesse. Je ne peux pas supporter l'idée qu'un homme si gentil, si intelligent, soit aussi malheureux.

— Je crois que les mariages arrangés ne peuvent jamais rien donner de bon! dit Laetitia, qui pensait à Stéphanie. Rien ni personne, maman, ne me fera jamais épouser un homme que je n'aimerai pas.

Après un silence la princesse murmura :

— Je commence à me demander, ma chérie, si tu auras jamais l'occasion de rencontrer quelqu'un, étant donné la façon dont nous vivons.

— Ne désespère pas, maman. Cousine Augustina sera obligée de nous inviter au bal du palais, et peut-être s'y trouvera-t-il un Prince Charmant qui tombera amoureux de moi, ou de Hettie.

Sa mère ne répondit rien mais Laetitia pouvait deviner ses pensées. Maintenant que son père était mort, elles ne représentaient plus un parti intéressant, et il y avait très peu de chance pour qu'un membre d'une famille royale demande leur main.

C'était une idée bien déprimante. En s'écartant de

sa mère, Laetitia aperçut son reflet dans le miroir et elle se trouva jolie, sans pour cela en éprouver le moindre orgueil.

« Je ressemble trop à une gitane, se dit-elle en même temps. Cela réduit encore mes chances de trouver un mari. »

Mais le soleil brillait dehors et, après tout, cela n'avait pas d'importance, et à quoi bon se complaire dans la tristesse ?

« Il se passera bien quelque chose », disait souvent son père. Peut-être un miracle se produirait-il pour elle et pour Hettie, comme celui qu'elle allait essayer de susciter pour Stéphanie.

Chassant ses pensées égoïstes, elle se tourna vers sa mère, si triste à ses côtés :

— Je suis sûre, maman, que cousin Louis était moins malheureux en te quittant. Tu te montres toujours si bonne et si compréhensive. Si seulement « Cette Femme », comme l'appelle tante Aspasia, ne vivait pas au palais, nous pourrions y aller plus souvent, comme autrefois.

— Tu es allée voir la princesse? demanda Olga. Je devrais y aller, moi aussi. Elle doit se sentir bien seule.

— Elle est beaucoup trop intelligente pour souffrir de la solitude, répondit Laetitia. Tante Aspasia est au courant de tout ce qui se passe au palais, en ville et dans le pays, ainsi d'ailleurs que dans toute l'Europe! Et elle ne s'ennuie jamais.

La princesse Olga se mit à rire.

— C'est sûrement vrai. Elle a toujours été comme ça. Elle a toujours raffolé des ragots. Mais elle est si amusante! Je vais dire à Louis d'aller la voir, cela lui changera peut-être les idées.

— Oh oui, maman, dit Laetitia. C'est une très bonne idée. Et elle savait évidemment que Stéphanie devait épouser le roi Viktor avant que Stéphanie elle-même soit au courant!

Elle hésita à continuer puis, pensant que sa mère devait être mise au courant, ajouta très vite :

— Elle savait aussi que Stéphanie aime Kyril, ce que nous ignorions.

Il y eut un silence pendant lequel Laetitia eut du mal à regarder sa mère. Puis la princesse dit d'une voix étranglée :

— J'espérais que personne d'autre... que moi ne le savait!

— Tu le savais, maman?

— Oui, bien sûr, répondit la princesse Olga. Et quand j'ai compris que Kyril tombait amoureux d'elle, j'ai prié pour que pendant cette période d'éloignement il l'oublie.

— Stéphanie est certaine que Kyril l'aime autant qu'elle.

— Et c'est vrai, dit la princesse d'une voix inquiète. Mais il ne faut à aucun prix que cousine Augustina s'en aperçoive. Si elle pense que Kyril risque de se mettre en travers de ses plans concernant Stéphanie, elle fera tout ce qui est en son pouvoir pour briser sa vie. (Elle poussa un cri.) Je sais même ce qu'elle ferait!

— Quoi donc, maman?

— Elle en a parlé l'année dernière, mais je ne crois pas que c'était à cause de Stéphanie.

— Parlé de quoi, maman?

— Cousine Augustina pensait que ce serait une bonne chose si Kyril et Otto suivaient un entraînement d'une année dans l'armée prussienne!

A son tour Laetitia poussa un cri tandis que la princesse Olga poursuivait :

— Ce n'est que lorsque le grand-duc lui a raconté comment les cadets y étaient traités, la brutalité avec laquelle ils étaient punis et les duels auxquels ils étaient obligés de participer, qu'elle a renoncé à cette idée.

La voix de la princesse Olga tremblait quand elle ajouta dans un chuchotement :

– Comment pourrais-je supporter que Kyril subisse toutes ces choses ? Mais je suis certaine que, si cousine Augustina avait le moindre reproche à lui faire, elle l'y enverrait, avec ou sans Otto.

– Il ne faut pas que cela arrive, maman, dit Laetitia.

– Il doit être prudent, très prudent, continua la princesse. Quand il sera de retour, demain, parle-lui, Laetitia, et mets-le en garde.

– Oui, bien sûr, maman, dit Laetitia. Et essaie de ne pas trop t'inquiéter.

Mais elle avait en même temps l'impression que la grande-duchesse, comme un énorme nuage noir, obscurcissait leur vie et les menaçait tous, créant en eux une peur insidieuse que, pour la première fois, Laetitia commençait à ressentir.

Kyril arriva le lendemain après-midi. Il était très beau, dans son uniforme impeccable, et ressemblait tant à leur père que Laetitia, malgré sa joie de le revoir, ne put s'empêcher de regretter plus particulièrement l'absence de leur père.

Kyril embrassa tour à tour sa mère et ses sœurs et son rire sembla emplir la petite maison.

– Je croyais devoir attendre encore trois mois avant de vous revoir, leur dit-il. Quelle chance que le roi Viktor ait décidé de nous rendre visite !

A son ton enjoué, Laetitia comprit qu'il n'avait pas la moindre idée des raisons de cette visite royale.

Elle attendit qu'il ait fini de leur raconter les dernières grandes manœuvres de son régiment dans les montagnes, les escalades qu'ils avaient faites et les chevaux qu'ils avaient montés.

Puis la princesse Olga sortit pour aller se changer pour le dîner et Marie-Henriette l'accompagna, laissant Laetitia seule avec son frère.

– Je voudrais bien prendre un bain, lui dit-il. Ça doit être possible, non?

– Oui, bien sûr, répondit Laetitia. Gertrude, te connaissant, a prévu les choses et elle a passé sa journée à faire chauffer de l'eau.

Kyril se mit à rire.

– Chère vieille Gertrude, je savais qu'elle penserait à moi, dit-il. Je vais dans la cuisine l'embrasser.

La vieille servante était entrée au service de la princesse Olga quand les enfants étaient petits et elle avait toujours gâté Kyril, qui était son préféré.

– Avant que tu n'y ailles, dit très vite Laetitia, il faut que je te dise quelque chose.

– Quoi donc? demanda Kyril. Au fait, moi, je ne t'ai pas dit que tu étais absolument ravissante! Les officiers de mon régiment vont certainement me faire de grands compliments sur toi s'ils t'aperçoivent pendant les festivités!

Laetitia retint son souffle.

– Sais-tu en quel honneur ont lieu ces festivités?

– Pour le roi Viktor, je suppose? répondit son frère.

Faisant un effort sur elle-même, Laetitia parvint à dire :

– Cousine Augustina lui a demandé... de venir ici afin d'arranger son mariage avec Stéphanie.

Elle eut du mal à soutenir le regard déchiré de son frère; la douleur balaya de son visage toute trace de sourire et le rendit, l'espace d'une seconde, infiniment plus vieux.

– C'est vrai? demanda-t-il d'une voix sourde.

– Ce sont les projets de cousine Augustina, et Stéphanie, comme tu t'en doutes sûrement, est désespérée.

– Elle t'a dit que nous nous aimions?

– Oui, elle est arrivée ici en larmes. Mais, Kyril, il ne faut absolument pas que cousine Augustina ait le moindre soupçon...

– Qu'elle aille au diable! l'interrompit son frère. Elle ne tient aucun compte des sentiments de sa fille. Tout ce qu'elle veut, c'est lui donner le rang qu'elle a toujours rêvé d'occuper elle-même!

– Oui, je sais, dit Laetitia. Mais si elle soupçonne le moins du monde l'amour que te porte Stéphanie, elle t'enverra en Prusse. Maman en est certaine.

Une expression d'horreur passa sur le visage du jeune homme. Puis il dit d'une voix qu'elle ne lui avait jamais entendue :

– Si je ne peux pas me marier avec Stéphanie, que m'importe où j'irai et ce que je ferai!

Ne pouvant supporter de le voir ainsi, elle se leva et lui prit les mains.

– Ecoute, Kyril, lui dit-elle, je vais tout mettre en œuvre pour essayer d'empêcher le roi Viktor de demander la main de Stéphanie. Je ne sais pas encore exactement... comment, mais je... prie le ciel de réussir.

Puis elle ajouta lentement :

– Cela vous donnera au moins le temps de réfléchir à ce que vous pourrez faire, plus tard.

– Il n'y a pas d'avenir pour nous, au fond de moi-même, je le sais, dit Kyril.

— Cousin Louis a dit à Stéphanie qu'il aimerait mieux t'avoir pour gendre que n'importe qui d'autre.

Son frère la regarda, surpris.

— Il lui a vraiment dit cela?

— C'est ce que m'a raconté Stéphanie, et si nous pouvons empêcher quelqu'un de plus important que toi de demander sa main, peut-être, avec le temps, auras-tu ta chance.

— Jamais, tant que cousine Augustina aura son mot à dire, dit Kyril d'un ton amer. Elle nous hait tous – c'est Otto qui me l'a dit. Et je crois qu'elle préférerait voir Stéphanie mariée avec un ours grizzli qu'avec moi.

— Mais tu es quand même prêt à... te battre pour... en faire ta femme?

— Je me battrai pour elle, et je mourrai pour elle, s'il le faut, répondit Kyril. Je l'aime, Laetitia, je n'ai jamais aimé personne d'autre.

— Je sais.

— C'était pareil pour papa. Il m'a dit que dès le premier instant où il a vu maman, il a su qu'il ne pourrait plus jamais penser à une autre.

— Ils étaient si merveilleusement heureux! dit Laetitia. Même si nous n'étions pas très riches; et encore, la vraie pauvreté n'est venue que qu'après.

Comme Kyril ne disait rien, elle reprit, comme si elle tenait à lui faire prendre conscience du danger :

— Mais notre situation serait encore bien pire si la grande-duchesse apprenait les sentiments que vous avez l'un pour l'autre, Stéphanie et toi. Oh, Kyril... pour nous... et pour toi... je t'en supplie... sois prudent!

— Tu sais bien que je le serai, dit Kyril. Mais

maintenant que je suis ici, tu dois m'aider, Laetitia.

— Que veux-tu que je fasse?

— Je veux avant tout voir Stéphanie, seul à seule.

— Ce sera difficile.

— Peux-tu aller au palais et lui demander de venir me retrouver à l'endroit habituel?

— De quel endroit s'agit-il?

Un éclat de malice passa dans les yeux du jeune homme.

— Tu ne devineras jamais. Personne ne nous a encore découverts.

— Dis-moi où.

— Sur le toit du palais!

— Kyril! Quel incroyable lieu de rendez-vous!

— C'est pour cela que personne ne pensera jamais à venir nous y chercher.

— Mais comment t'y prends-tu?

— J'ai grimpé sur ce toit des milliers de fois, depuis ma plus tendre enfance, dit-il, exactement comme nous escaladions les murs du château de Thor. En fait, c'est beaucoup plus facile.

— Et bien sûr, dit Laetitia comme si elle se parlait à elle-même, il est beaucoup plus facile pour Stéphanie de quitter sa chambre et de monter que de descendre dans le jardin à cause des gardes.

— Exactement! s'exclama Kyril. Alors transmets-lui mon message, petite sœur, et le plus vite possible. Tu n'oublieras pas?

— Bien sûr que je n'oublierai pas, dit Laetitia. Mais promets-moi par tout ce que tu as de plus sacré que tu seras prudent.

— Je serai très, très prudent, promit Kyril. Et maintenant que je t'ai dit mon secret, raconte-moi comment tu vas empêcher le roi de demander la main de Stéphanie, alors que cousine Augustina, le revolver sur sa nuque, lui soufflera tout ce qu'il a à dire.

– Je ne peux pas te le révéler, Kyril, pour la bonne raison que mon plan n'est pas encore très au point, et que j'ai bien peur de ne pas réussir!

Mais tout en parlant, elle entendait la voix du Voivode : « La voie vous sera montrée. »

Il lui était impossible de raconter cela par de simples mots, aussi se contenta-t-elle de dire :

– Fais-moi confiance, c'est tout, et prie de toutes tes forces pour que je réussisse.

Kyril l'entoura de ses bras et l'embrassa tendrement.

Puis, comme s'il ne pouvait plus supporter d'en dire davantage, il sortit de la pièce et elle l'entendit se diriger vers la petite cuisine où l'attendait Gertrude.

Laetitia regarda l'horloge. Il lui restait une heure avant le dîner, juste le temps de parler à Stéphanie, qui était sûrement seule dans sa chambre à cette heure-là.

La grande-duchesse tenait à ce que les repas soient servis en grande pompe comme c'était l'habitude au palais de son père, alors qu'auparavant, ils s'étaient toujours déroulés très simplement dans la petite salle à manger du palais.

Au début de son mariage, le grand-duc Louis avait protesté contre ces interminables repas pris en présence des aides de camp et des dames d'honneur et servis par une multitude de domestiques qui, entre les plats, se tenaient debout derrière les chaises des convives.

Mais comme toujours la grande-duchesse l'avait

emporté, et elle allait même jusqu'à porter sa tiare tous les soirs de l'année, exigeant que le grand-duc accroche à son habit toutes ses décorations.

– C'est mortellement ennuyeux, s'était souvent plaint le prince Paul. A l'avenir je trouverai toutes les excuses pour ne plus dîner au palais à moins d'y être absolument obligé.

Mais il aimait beaucoup son cousin Louis, et quand le grand-duc lui demandait de venir, il ne pouvait pas refuser.

Laetitia se souvenait des fastidieux préparatifs lorsque son père mettait ses bas de soie et ses culottes courtes, attachait en travers de sa chemise blanche le ruban de l'Ordre de Saint-Michel et épinglait au revers de sa veste de cérémonie ses croix et ses médailles.

– Quelle élégance, papa! lui avait-elle dit un jour quand il était descendu de sa chambre pour se rendre au palais.

– Peut-être, mais ça n'est vraiment pas confortable, avait répondu le prince Paul en riant.

Puis il était passé dans le hall où l'attendait sa femme. Elle portait sa tiare de saphirs et de diamants, ainsi qu'une parure ornée des mêmes motifs de pierres précieuses.

– Une seule chose me console, c'est de te voir aussi belle. Tu serais tellement mieux sur le trône qu'une certaine grande-duchesse dont je ne mentionnerai pas le nom devant les enfants.

Marie-Henriette, qui était encore petite, à l'époque, avait battu des mains :

– Je sais de qui vous voulez parler – c'est de cousine Augustina! C'est une vilaine femme. Elle me dit toujours de me taire et d'aller dans ma chambre.

– Paul, il ne faudrait pas... avait commencé Olga.

Mais Paul avait ri.

– La vérité sort de la bouche des enfants. Et je vous répète, ma chérie, que vous étiez faite pour être grande-duchesse, ou mieux encore, reine!

Il avait embrassé sa femme et, tandis qu'il se dirigeait vers la porte :

– Au revoir, les enfants! J'aurais bien préféré rester avec vous ce soir. Mais demain nous nous rattraperons et nous irons faire un pique-nique. Et nous porterons nos plus vieux habits!

Les enfants avaient poussé des cris de joie et après avoir dit bonsoir à leurs parents, ils s'étaient mis à bavarder, tout excités à l'idée de la journée du lendemain.

« Nous étions si heureux, alors », se répétait Laetitia en se glissant dehors.

Elle se dirigea rapidement vers la grille du parc et passa derrière les buissons jusqu'à la porte dérobée que Stéphanie avait empruntée quelques jours plus tôt, espérant qu'elle ne serait pas cette fois fermée à clé.

Elle était ouverte et Laetitia emprunta un escalier de service qui la mena à la chambre de Stéphanie. Personne ne l'avait vue.

Comme elle l'avait espéré, Stéphanie se trouvait seule avec sa femme de chambre.

Elle poussa un cri de joie.

– Laetitia! Comme je suis contente de te voir! dit la princesse. Je me demandais comment faire pour te parler.

Laetitia n'ignorait pas pourquoi Stéphanie voulait lui parler, et elle embrassa sa cousine.

– J'ai moi aussi beaucoup de choses à te dire.

Stéphanie regarda sa femme de chambre.

– Attends dehors, Dorothya, lui dit-elle, et préviens-nous si quelqu'un vient. Je veux parler à la princesse Laetitia et personne ne doit savoir qu'elle est là.

Dorothya, qui était au service de Stéphanie depuis des années, sourit à Laetitia.

– C'est bien que Votre Altesse soit venue, lui dit-elle. J'espère que votre mère la princesse Olga va bien.

– Assez bien, merci, Dorothya, répondit Laetitia.

La femme de chambre s'inclina et sortit, refermant doucement la porte derrière elle.

– Raconte vite, souffla Stéphanie dans un chuchotement de conspirateur. Et si jamais maman arrive, cours te cacher dans la penderie.

Laetitia savait qu'il fallait faire vite, aussi lui dit-elle sans perdre une minute :

– Kyril est là et il veut te voir. Il sera ce soir à l'endroit habituel.

Les yeux de Stéphanie s'éclairèrent et elle était si jolie que n'importe qui aurait immédiatement compris qu'elle était amoureuse.

– Ecoute, Stéphanie, continua-t-elle, j'ai prévenu Kyril. Il doit être très, très prudent. Ce serait une catastrophe pour nous tous si ta mère s'apercevait de quoi que ce soit.

– Je sais.

– Maman m'a dit que si cousine Augustina te soupçonnait d'être amoureuse de Kyril, elle l'enverrait immédiatement dans une école d'entraînement de l'armée prussienne.

Stéphanie poussa un cri.

– Je ne supporterai pas qu'elle fasse une chose pareille!

– Je crois que cela détruirait Kyril complètement, dit Laetitia. Il faut que tu caches tes sentiments, Stéphanie, ne l'oublie pas. Je crois qu'il vaut mieux ne pas essayer de protester quand ta mère te dira d'épouser le roi.

Stéphanie frissonna.

– Je ne peux pas... me marier avec lui, Laetitia! Oh non!... Je ne pourrai jamais.

– N'y pense pas. Oublie cela pour le moment, et sois heureuse, puisque Kyril est revenu.

– Tu as promis de m'aider et d'empêcher... le roi de... demander ma main.

– C'est ce que je vais essayer de faire.

– Mais il ne reste plus que deux jours. Il sera là jeudi.

– Oui, je sais, dit Laetitia. Mais je t'en supplie, Stéphanie, garde ton sang-froid et prie pour que les choses s'arrangent. Et surtout n'oublie pas que, lorsque tu rencontres Kyril en cachette, nous courons tous des risques énormes. Si vous êtes découverts, tout mon plan sera anéanti.

– Je te promets de ne pas l'oublier, répondit Stéphanie, et je prie, Laetitia, je prie comme tu me l'as dit, à toute heure du jour et de la nuit, pour que Kyril et moi soyons un jour réunis.

– Continue à prier, dit Laetitia. Un miracle se produira et ton rêve deviendra réalité.

Le visage de Stéphanie s'illumina de nouveau. Elle se jeta au cou de sa cousine et l'embrassa.

– Je t'aime tant, toi aussi, lui dit-elle, et j'aimerais tant devenir ta belle-sœur.

Laetitia sentit une boule dans sa gorge. Il fallait qu'elle parte.

– Je m'en vais. Si ta mère apprenait que je suis là, cela pourrait éveiller ses soupçons.

– Personne ne t'as vue entrer? demanda Stéphanie inquiète.

– Je ne crois pas, répondit Laetitia. Mais ici les murs ont des yeux et des oreilles!

Mais elle savait que Stéphanie ne l'écoutait plus.

– Je vais voir Kyril! disait-elle. Et je vais mettre une de mes plus jolies robes!

– Si tu dois te changer, tu ferais bien de te dépêcher, répondit Laetitia. Il vaut mieux ne pas contrarier ta mère en arrivant à table en retard.

Laetitia ouvrit la porte. Dorothya n'avait pas bougé de son poste.

– Merci, Dorothya, dit doucement Laetitia en passant devant elle.

La femme de chambre s'inclina et alla rejoindre Stéphanie, tandis que Laetitia se glissait discrètement dans l'escalier.

Elle ne rencontra personne jusqu'à la grille du parc. Elle ne risquait plus maintenant que d'être vue en train de traverser le jardin, mais le risque n'était pas grand, car peu de chambres occupées donnaient de ce côté-là.

Elle avança, rapide et silencieuse, sans se retourner, espérant être prise pour une servante se rendant à quelque rendez-vous secret avec un jardinier ou un garde du palais.

Dès qu'elle fut hors de vue des plus hautes fenêtres du palais, elle se mit à courir.

Lorsqu'elle arriva à leur petite maison, Kyril l'attendait.

– Tout va bien, dit-elle, le souffle court. Je l'ai vue et elle est folle de joie à la pensée de te revoir.

– Tu lui as dit d'être prudente?

– Oui, bien sûr, et elle sait encore mieux que nous de quoi cousine Augustina serait capable si elle avait le moindre soupçon de ce qui se trame derrière son dos.

Kyril poussa un soupir de soulagement.

Il avait pris son bain et était en bras de chemise.

– Merci, ma merveilleuse petite sœur, dit-il à Laetitia en la prenant dans ses bras et en la serrant contre lui. Je n'avais pas à te demander de te jeter dans la gueule du loup, mais je te suis très reconnaissant de l'avoir fait.

La gueule du loup était vraiment le terme approprié, pensa Laetitia en se dirigeant vers sa chambre.

Et la grande-duchesse était même encore plus dangereuse qu'un loup affamé.

Laetitia n'aurait pas une minute de répit tant que Kyril serait là. Elle pouvait craindre à chaque instant le mot ou le regard trop tendre qui éveillerait les soupçons de la grande-duchesse.

– S'il vous plaît, mon Dieu, protégez-le, supplia-t-elle.

Et elle pria encore quand la soirée, qui n'avait été que rire et bonheur, se termina et que chacun se fut retiré dans sa chambre.

Car elle savait que Kyril n'était pas parti se coucher, et espérait seulement que leur mère n'en saurait rien.

Elle entendit son frère se glisser hors de la maison. Il devait courir derrière les buissons, comme elle l'avait fait quelques heures plus tôt.

La lune éclairait la nuit et les murs du palais que Kyril allait escalader. Que se passerait-il si une sentinelle le voyait? Ou si, dans son zèle, un garde le prenait pour un voleur et tirait sur lui?

Puis elle songea, pour se rassurer, qu'il n'arrivait jamais rien en Ovenstadt.

Il n'y avait à sa connaissance ni révolutionnaires ni fauteurs de troubles dans leur pays, contrairement à ce que la princesse Aspasia lui avait raconté de la Zvotana, et les gardes du grand-duc étaient devenus très peu vigilants.

Dès qu'ils se savaient à l'abri des regards, les hommes en faction devant les grilles se mettaient à discuter, mollement appuyés à la rambarde, le fusil à terre et non sur l'épaule comme le règlement le voulait.

Chaque fois que quelqu'un entrait ou sortait, ils bavardaient gaiement, et comme ils connaissaient Laetitia et Marie-Henriette, ils espéraient toujours qu'elles auraient le temps de s'arrêter pour échanger quelques mots.

La semaine précédente, ils avaient absolument tenu à parler de la prochaine visite du roi Viktor. De nombreux régiments étaient rappelés dans la capitale pour garder la ville et former une haie d'honneur lors de l'arrivée de l'invité royal.

— Va falloir frotter et briquer, se plaignit une des sentinelles. Du coup, on nous fait travailler nuit et jour.

— Pensez comme vous allez être beaux, avait répondu Laetitia, et comme toutes les filles vont vous admirer.

— Tant que ma p'tite amie n'admire personne d'autre plus que moi, avait répondu l'homme, ça ira. J'aime pas tellement la compétition!

Laetitia avait ri puis avait continué sa course. Elle portait une réponse de sa mère à l'invitation pour le déjeuner et le bal officiels de la semaine suivante.

Comme elles s'y attendaient, la grande-duchesse s'était arrangée pour ne leur envoyer qu'un minimum d'invitations.

La princesse Olga avait été conviée au déjeuner qui aurait lieu le jour de l'arrivée du roi, mais Laetitia et Marie-Henriette en avaient été exclues et ne devaient se rendre au palais qu'une seule fois pendant la visite royale, le soir du bal.

Marie-Henriette ne pensait qu'à la robe qu'elle allait porter et Laetitia avait fait tout son possible pour transformer les éternelles vieilleries qu'elles mettaient en de semblables occasions.

– Si seulement je pouvais vous donner à chacune une de mes robes, lui avait dit Stéphanie quand elle l'avait vue travailler ainsi.

– Ce serait merveilleux! s'était exclamée Marie-Henriette. Quoi que je fasse, cette robe aura toujours l'air démodé et minable.

– Maman me tuerait, si elle apprenait que j'ai donné quelque chose sans... son consentement, avait dit tristement Stéphanie.

Puis, voyant les volants tout écrasés et aplatis, elle s'était écriée :

– J'ai une idée!

– Laquelle? avait demandé Marie-Henriette.

– L'année dernière, maman a acheté deux rouleaux de tulle pour me faire faire des robes, mais la couturière qui en était chargée est tombée malade, et je crois que maman a oublié leur existence.

Les yeux de Marie-Henriette s'étaient mis à briller.

– Un volant de joli tulle en bas de ma robe, voilà exactement ce qu'il me faut! Ce serait autre chose que les fronces de Laetitia!

– Je suis sûre que, s'ils disparaissaient de mon armoire, personne ne s'en apercevrait, avait dit Stéphanie. L'un des rouleaux est blanc, et l'autre bleu pâle, exactement de la couleur de tes yeux, Hettie.

Marie-Henriette avait joint les mains.

– Oh! s'il te plaît, Stéphanie, sois chic et donne-les-nous!

– C'est entendu, avait dit Stéphanie. Dès mon retour au palais, j'enverrai Dorothya vous les porter.

Elle avait tenu parole et, une demi-heure plus tard, Dorothya était arrivée avec sous le bras un panier à linge et les deux rouleaux de tulle cachés sous des serviettes.

C'était exactement ce qu'il fallait à Laetitia pour donner du corps aux volants de sa robe et lui conférer l'aspect féerique et aérien qui convenait à une toilette de débutante.

Et il lui restait encore suffisamment de tulle pour draper le bustier et donner à la robe une touche élégante. Elle était sûre maintenant de s'amuser à ce bal et de s'y sentir à son avantage.

Marie-Henriette était ravie, elle aussi.

Sa robe, qui avait été achetée juste avant la mort de son père, faisait trop enfant et trop simple pour une jeune fille de près de dix-sept ans.

– Je vais la transformer et elle aura l'air d'un modèle arrivé directement de Paris! s'était-elle écriée en voyant le tulle bleu.

Elle avait placé deux volants de tulle pour cacher l'ourlet et donner à la jupe une longueur convenable, et un autre volant plus étroit autour du décolleté et des épaules. Quand elle en avait fait l'essayage, elle était si ravissante que le beau prince dont rêvait Hettie devait immanquablement tomber amoureux d'elle le soir du bal. Du moins c'est ce que pensait Laetitia.

Elle avait heureusement presque fini sa robe de gitane quand Stéphanie leur avait envoyé le tulle. Dès que Kyril, qui finalement ne pouvait passer que très peu de temps chez lui, les quittait, elles travaillaient d'arrache-pied à leurs robes.

« Ce serait terrible, maintenant, pensa Laetitia, si

cousine Augustina découvrait quelque chose. Nous serions tous bannis du palais! »

Mais de telles pensées ne pouvaient que porter malheur, et il valait mieux réfléchir à ce qu'elle allait dire à sa mère pour lui expliquer son absence, le lendemain.

Elle attendit l'heure du coucher :

– Tu sais, maman, j'ai reçu aujourd'hui un message de Fräulein Sobieski.

– Un message, ma chérie? s'enquit la princesse.

– Oui. Elle me demande d'aller la voir. Je crois qu'elle ne se sent pas très bien, et tu sais qu'elle est âgée.

Fräulein Sobieski était une de leurs premières gouvernantes, qui s'était retirée dans une petite maison lui appartenant, non loin du château de Thor.

Elle y vivait seule, et chaque fois qu'elle en avait le temps, Laetitia partait à cheval passer quelques heures avec elle.

– Voilà ce que j'ai pensé faire, maman, si tu le veux bien, dit Laetitia. Je pourrais partir chez Fräulein Sobieski demain, y rester pour la nuit et rentrer après-demain matin.

La princesse parut réfléchir un instant :

– Je crois que ce serait en effet plus sage que de faire toute cette route à cheval en un seul jour. Je ne veux pas que tu te fatigues juste avant les festivités.

Laetitia sourit.

– Festivités que nous regarderons se dérouler du bord de la route! dit-elle. Nous n'avons pas été invitées comme toi pour le déjeuner donné en l'honneur du roi. Nous irons donc voir le roi passer en revue la garde d'honneur et nous rentrerons manger du pain et du fromage pendant que tu te régaleras dans la grande salle à manger du palais!

La princesse se mit à rire.

– On dirait la pauvre petite Cendrillon! Mais j'échangerais bien ma place contre la tienne. Tu sais combien ces repas officiels sont pompeux et fastidieux.

Laetitia rit à son tour.

– Hettie et moi avons décidé de nous amuser au bal, puisque c'est la seule chance que nous ayons de le faire. Pour le reste, nous nous cacherons en haut et Stéphanie nous racontera ce qui s'est passé.

– Si cousine Augustina l'apprend, cela ne lui plaira pas beaucoup, dit la princesse.

– Elle n'en saura rien, maman, promit Laetitia. Et tu sais que nous devons inciter Stéphanie à la prudence.

– J'aime mieux ne pas parler de cela, dit la princesse. J'ai tellement peur! Kyril m'a promis d'être discret, et lui aussi, évidemment, n'a été invité qu'au bal.

Laetitia supposait que sa mère ignorait tout des rendez-vous secrets de Kyril et Stéphanie, et elle trouva plus sage de ne pas lui en parler.

Elle lui dit en l'embrassant :

– Essaie de ne pas te faire de souci, maman, et je transmettrai tes amitiés à Fräulein Sobieski. Tu sais qu'elle t'adore!

– Il faut lui apporter un cadeau, ma chérie, répondit la princesse. Je vais trouver quelque chose pour elle.

Cela ressemblait bien à sa mère de vouloir donner quand elle n'avait rien.

– Je m'en occuperai, maman.

Elle lui souhaita bonne nuit et monta dans sa

chambre. Cette première épreuve s'était passée plus facilement qu'elle ne l'avait craint.

Elle avait déjà soigneusement empaqueté sa robe de gitane dans un sac qu'elle pourrait attacher derrière la selle de *Kaho*.

Elle avait demandé à Kyril de ne prendre en aucun cas *Kaho*, le lendemain matin, s'il voulait monter.

— Je préfère *Kaho* à *Chino*, lui avait dit son frère.

— Eh bien, mon cher, pour une fois, il faudra t'en passer, avait-elle répondu. J'ai beaucoup de route à faire, demain, et *Kaho* est plus sûr que *Chino*, pour ce genre de randonnée.

Kyril avait compris que les projets de Laetitia le concernaient et il lui avait dit très vite :

— Dis-moi ce que tu as l'intention de faire, Laetitia. Je ne veux pas que tu prennes de risques pour moi.

— Je ne te dirai rien, avait répondu Laetitia, parce que je n'en sais trop rien moi-même, et que je vais devoir improviser. Mais tu peux m'aider en souhaitant très fort que je réussisse.

Les yeux de Kyril pétillèrent.

— J'ai l'impression, à t'entendre, que tu vas faire appel à la magie des gitans. Je sais que pour eux la volonté est aussi importante que le sortilège lui-même si l'on veut qu'il réussisse.

— Papa disait que lorsqu'on veut vraiment quelque chose, on finit toujours par l'obtenir, avait répondu Laetitia. Il racontait que quand il a rencontré maman, tout le monde lui a dit que le mariage était impossible. Alors, il a envoyé tout autour de lui ce qu'il appelait « des éclairs de volonté »! Et comme ces éclairs venaient du plus profond de son cœur et qu'ils étaient d'une puissance extraordinaire, il savait qu'il obtiendrait grâce à eux ce qu'il désirait.

– Et il a réussi, c'est vrai, dit Kyril.

– Maman en faisait autant de son côté, et papa disait qu'à eux deux ils émettaient une force irrésistible!

– Et c'est ce que tu es en train de faire maintenant?

– Exactement! Et tu dois toi aussi lancer des « éclairs ». Dis au Destin ou à Dieu, si tu préfères, que Stéphanie doit être tienne, et avec l'aide des gitans, elle le sera.

– J'ai peur de ce que tu as en tête, avait dit Kyril. Promets-moi, Laetitia, que cela ne te fera courir aucun danger.

Sa voix était si lourde d'anxiété que Laetitia comprit à quel point son frère l'aimait.

– Tu sais, cher Kyril, que je ferais n'importe quoi pour ton bonheur. Mais je te promets cependant que mes projets n'ont rien de vraiment répréhensible. Ils ne sont tout simplement pas très conventionnels, c'est tout. Légèrement audacieux.

– Dis-les-moi, avait répété Kyril.

Elle avait secoué la tête.

– Je ne veux pas en parler. Contente-toi de vouloir, et de vouloir de toutes tes forces. Cela m'aidera à me persuader que je vais gagner ce qui sera certainement une bataille!

4

Tout en s'éloignant de la ville, Laetitia songeait que jusque-là tout s'était très bien passé.

Elle n'était pas partie trop tôt afin de prendre son petit déjeuner avec Kyril. Et après que celui-ci l'eut quittée pour aller rejoindre son régiment, Stéphanie était arrivée avec un message pour lui.

– Je ne peux pas rester, avait-elle dit. Maman passe le palais au crible. Le moindre grain de poussière doit disparaître avant l'arrivée du roi. Comme s'il allait remarquer ce genre de choses!

Laetitia connaissait la grande-duchesse quand elle entrait dans une de ses phases de grand nettoyage. Elle envoyait des escouades de domestiques dans tous les coins du palais et les faisait frotter et briquer jusqu'à ce que disparaisse toute trace de saleté.

Cela se produisait ordinairement à chaque printemps, et les servantes du palais finissaient presque toujours leurs journées en larmes.

– Kyril est bien rentré, hier soir? avait demandé Stéphanie à voix basse dès qu'elles s'étaient trouvées seules.

– Nous avons pris notre petit déjeuner ensemble, avait répondu Laetitia. Mais je t'en prie, Stéphanie, il ne faut pas le laisser prendre de tels risques trop souvent. Tu sais aussi bien que moi ce qui arriverait si vous étiez découverts.

— Je sais, je sais, avait répondu Stéphanie d'une voix triste. Mais je ne peux m'empêcher de penser que si tu ne réussis pas, il faudra que j'épouse le roi et je ne verrai plus jamais Kyril!

Ses yeux se remplirent de larmes.

— Retourne au palais, maintenant, lui avait dit Laetitia, et sèche tes larmes. Souviens-toi que cousine Augustina ne doit se douter de rien.

Après l'avoir embrassée à la hâte, Stéphanie était repartie en courant, comme un petit animal traqué par les chasseurs et, en la voyant ainsi, Laetitia avait une fois de plus prié le ciel pour que Kyril et la jeune princesse échappent au malheur qui les attendait.

La princesse Olga ne se levait jamais très tôt, le matin, et ses filles tenaient à lui apporter son petit déjeuner au lit.

Elles le faisaient chacune à leur tour, après que Gertrude avait préparé le plateau. Ce matin-là, la princesse était assise dans son lit, et Laetitia la trouva vraiment ravissante : elle faisait beaucoup plus jeune que son âge.

— Bonjour, ma chérie, avait dit la princesse. Si tu vas voir Fräulein Sobieski, j'espère que tu as trouvé quelque chose à lui apporter.

— Oui, maman. Une écharpe que Stéphanie m'a offerte pour Noël l'année dernière et que je n'ai jamais mise, et un portrait de Kyril qu'a fait Hettie. Il n'est pas très bon, mais je pense que Fräulein Sobieski l'aimera quand même.

— Certainement, ma chérie, avait répondu la princesse Olga. Sois prudente, Laetitia, et ne rentre pas trop tard demain, sinon je vais m'inquiéter.

— Je serai là de bonne heure, maman, avait promis Laetitia.

Se penchant sur le lit de sa mère, elle l'avait embrassée. Au moment où elle allait refermer la porte derrière elle, la princesse Olga avait encore dit :

— Gustave veillera sur toi. C'est un homme si gentil!

Laetitia n'avait pas répondu. Quand sa mère s'apercevrait que Gustave ne l'avait pas accompagnée, elle penserait que la jeune fille ne l'avait pas entendue, du moins l'espérait-elle.

Et elle s'était dépêchée d'aller retrouver *Kaho* qui l'attendait à l'écurie, prêt à partir.

Gustave avait attaché le paquet contenant sa robe de gitane à la selle de *Kaho* et cela leur donnait une allure étrange.

Mais il n'y aurait personne pour la voir, et quel autre moyen d'emporter avec elle la robe qu'elle devait mettre ce soir-là?

Gustave avait resserré la sangle.

— Son Altesse pense que vous m'accompagnez, lui avait dit Laetitia. Alors essayez de ne pas vous faire voir. Et si jamais elle s'aperçoit de votre présence, dites-lui que vous pensiez que Kyril voulait monter *Chino*.

Gustave avait l'habitude des voies tortueuses qu'employait souvent Laetitia pour obtenir ce qu'elle voulait et il avait souri.

— J'dois aller en ville faire des courses, de toute façon, avait-il dit. Et j'm'débrouillerai ensuite pour que Son Altesse ne sache pas que j'suis là.

— Merci, Gustave, avait dit Laetitia en sautant à cheval.

C'était une magnifique journée. Un vent léger s'était levé et il ne devrait pas faire trop chaud.

Les oiseaux chantaient, les papillons volaient de fleur en fleur et il semblait impossible que tout ne soit pas juste et bien en ce monde.

Pourtant Laetitia ne pouvait s'empêcher de ressentir une incessante appréhension au fond d'elle-même, et seuls les mots du Voivode qui résonnaient encore dans sa tête lui permettaient d'entretenir au fond de son cœur une petite flamme d'espoir.

Par la route, il fallait plus de quatre heures pour arriver au château de Thor, mais en coupant à travers champs, Laetitia savait qu'elle ne mettrait pas plus de deux heures.

Mais elle devait s'arrêter chez Fräulein Sobieski, et quand elle arriva dans le petit village où elle habitait, il ne lui restait plus qu'une demi-heure de chemin à faire pour rejoindre le château.

La maison de son ancienne gouvernante faisait partie d'un de ces petits villages construits au pied de la montagne où s'accrochait le château de Thor.

C'était un village pittoresque, abrité par des bois de sapins, et Laetitia avait toujours trouvé que les maisons aux murs blancs et aux toits de tuile rouge s'intégraient parfaitement au paysage, comme une image de conte de fées.

Elle mit pied à terre et attacha la bride de *Kaho* à la barrière en bois. Puis elle longea l'allée de pierres irrégulières, entre les massifs de fleurs éclatantes, et frappa à la porte.

Elle entendit la vieille gouvernante repousser sa chaise sur le sol carrelé, et marcher lentement, de son pas légèrement boitillant, jusqu'à la porte.

Fräulein Sobieski ouvrit et poussa une exclamation de surprise.

– Laetitia! Ma chérie! Je ne vous attendais pas!

– Je voulais vous voir, répondit Laetitia.
– Je suis sûre que vous allez au château.

Sans vraiment répondre, Laetitia la suivit dans la petite cuisine reluisante de propreté.

– Donnez-moi des nouvelles de votre famille, dit Fräulein Sobieski. Et pendant ce temps, je vais vous faire une bonne tasse de café.

Elle s'affaira devant la cuisinière. Pendant ce temps Laetitia lui raconta que Kyril était rentré, et qu'elles avaient travaillé, Marie-Henriette et elle, pour remettre en état leurs robes de bal.

Puis, quand Fräulein Sobieski eut posé devant elle le café brûlant, elle lui dit :

– Je vous ai apporté deux petits cadeaux. J'espère qu'ils vous plairont.

– Comme c'est gentil! s'écria Fräulein Sobieski. J'ai entendu dire que les choses étaient difficiles pour vous, depuis la mort de votre père, et je sais que votre mère a été obligée de vendre presque tous ses bijoux.

– Comment le savez-vous? s'enquit Laetitia.

– Vous savez, ma chère enfant, on ne peut pas s'empêcher d'écouter les ragots, à mon âge, répondit Fräulein Sobieski. Et tous ceux qui viennent ici de la ville parlent de la façon dont la grande-duchesse traite votre famille.

– Je ne pensais pas que tout le monde était au courant!

Fräulein Sobieski la regarda un moment en silence. Puis elle reprit :

– Il faut me pardonner, je ferais peut-être mieux de garder tout cela pour moi, mais vos parents ont toujours été si bons avec moi quand je vivais chez vous. Je ne peux supporter la pensée de ne pas vous savoir aussi heureux que vous l'étiez alors.

Il était bien inutile de prétendre le contraire, la vieille gouvernante en savait trop.

Laetitia raconta alors à quel point la grande-duchesse les détestait, et comment elle les avait exclus du palais et de toutes les réceptions qui s'y donnaient.

– C'est cruel! Trop cruel! s'exclama Fräulein Sobieski, la voix chargée de colère. Mais c'est exactement ce que m'ont raconté toutes sortes de gens qui aimaient beaucoup votre père, comme ils vous aimeraient tous s'ils avaient l'occasion de vous rencontrer.

Laetitia poussa un soupir.

– Il n'y a rien que nous puissions faire, dit-elle. Que « serrer les dents et supporter », comme vous aviez coutume de me le dire quand je tombais et que je me faisais mal.

Fräulein Sobieski se mit à rire.

– Et vous étiez une petite fille si intrépide, toujours en train de tomber des arbres ou de la rampe d'escalier! Je croyais chaque jour que vous alliez vous casser un bras ou une jambe.

Or, ce qu'elle faisait maintenant était encore beaucoup plus intrépide et elle risquait peut-être pire qu'un bras ou une jambe cassés. Mais elle ne devait pas en parler à la vieille dame.

Quand elle eut fini sa tasse de café, elle lui dit :

– Je me demandais si je pourrais rester ici jusqu'à cet après-midi. Je ne veux pas arriver trop tôt là où je dois me rendre.

Fräulein Sobieski était ravie.

– Bien sûr, chère enfant, répondit-elle. Et vous pouvez mettre votre cheval à l'écurie, derrière la maison. Ce n'est pas vraiment une écurie, mais il y sera à l'abri.

Laetitia alla s'occuper de *Kaho* et, à son retour, elle trouva le déjeuner prêt.

Fräulein Sobieski lui avait préparé une omelette avec les œufs de ses poules, et une salade servie avec un fromage frais et crémeux qu'elle avait fait elle-même; puis des fraises, de son jardin, elles aussi. Laetitia trouva tout cela délicieux.

Elles évoquèrent les jours heureux d'autrefois, et le temps passa très vite.

Mais avant son départ, Lactitia apprit de Fräulein Sobieski des renseignements précieux.

— Il paraît, disait la vieille gouvernante, que le roi a demandé que son arrivée au château se déroule le plus simplement possible.

Laetitia l'écoutait attentivement.

— J'ai dans le village des amis dont le fils travaille pour le prince Cloviky, qui possède, vous le savez peut-être, toutes les terres de la région. D'après ce jeune homme le prince Cloviky ira ce soir accueillir Sa Majesté au château.

Laetitia se souvenait du prince Cloviky et du magnifique vieux château qu'il possédait. Mais cette demeure était beaucoup trop éloignée de la route de la capitale et le roi devait être pressé d'arriver.

— Le prince sera accompagné du Grand Chancelier qui représentera le gouvernement. Le Premier ministre attendra le roi au palais, demain, avec le grand-duc.

— Et la grande-duchesse! compléta Laetitia. C'est elle qui a arrangé la visite du roi Viktor en Ovenstadt.

— C'est ce qu'on m'a dit, répondit Fräulein Sobieski. Et je suppose que Son Altesse n'étant pas mariée, on espère qu'elle va demander la main de Stéphanie.

Tout le monde, apparemment, était au courant des ambitions de la grande-duchesse.

– Croyez-vous que le roi Viktor ferait un bon mari pour Stéphanie? demanda Laetitia comme si de rien n'était.

– Il est un peu vieux pour elle, répondit Fräulein Sobieski, et évidemment, il y a tous ces bruits qui courent sur lui et qui sont peut-être vrais.

– Quels bruits?

– Je ne devrais pas vous répéter ce genre d'histoires, mais on dit qu'il est très attirant et que les femmes le trouvent irrésistible.

– En tant qu'homme ou en tant que roi? demanda Laetitia.

– Evidemment, les rois ont toujours un attrait particulier, dit Fräulein Sobieski. Mais après avoir toute ma vie travaillé dans des familles royales, je sais combien d'entre eux sont seuls et malheureux et, si ce qu'on m'a dit est vrai, je comprends pourquoi le roi Viktor est tellement cynique.

– Cynique? s'exclama Laetitia. Et pourquoi cela?

– A ce qu'on m'a dit, répondit Fräulein Sobieski, il a été malheureux en amour quand il était jeune et il ne s'en est jamais remis.

– Comme c'est intéressant! dit Laetitia. Je vous en prie, racontez-moi tout ce que vous savez sur lui.

– La personne qui m'en a parlé, répondit Fräulein Sobieski, vit en Zvotana et vient parfois passer quelques jours chez moi. Elle est gouvernante, elle aussi, et travaille chez un parent du roi.

– Ainsi il a eu un amour malheureux! répéta Laetitia comme pour elle-même.

– Mon amie m'a dit que la jeune fille à laquelle il

avait donné son cœur n'a pas voulu de lui parce qu'il n'avait pas d'avenir!

Elle eut un petit rire.

– Elle a dû se sentir plutôt bête quand il est devenu roi de Zvotana!

– Si elle ne pensait qu'à sa situation et non à lui, répondit Laetitia, il a eu de la chance de la perdre!

Fräulein Sobieski sourit.

– Je suis heureuse, ma chérie, que vous soyez toujours aussi romantique. Tenez-vous-en à votre idéal. J'ai toujours espéré que vous rencontreriez un jour un homme aussi noble et aussi charmant que votre père.

– C'est ce que je veux trouver, dit Laetitia. Mais Dieu ne fait pas beaucoup d'hommes comme papa.

– Les princes Paul ne courent pas les rues, soupira Fräulein Sobieski, mais on ne sait jamais, et j'espère aussi que la petite princesse Stéphanie se mariera et sera heureuse.

– Moi aussi, dit Laetitia de tout son cœur, et elle pria encore une fois au fond d'elle-même pour que Stéphanie n'épouse personne d'autre que Kyril.

Quand le plus chaud de la journée fut passé, et que dans le jardin les ombres commencèrent à s'allonger, Laetitia prit congé de Fräulein Sobieski et remonta en selle.

Lorsqu'elle fut en vue du château de Thor, elle le trouva plus magnifique que jamais, avec ses grandes tours surplombant la vallée et les crêtes se dessinant derrière lui.

La route pour y accéder faisait de grands détours pour permettre aux chevaux de monter plus facilement. En suivant des yeux les virages, à une centaine de mètres seulement sous le château, elle aperçut ce qu'elle espérait tant y voir : un camp de gitans, installé sur une plate-forme qui avait dû être bien souvent utilisée au cours des siècles.

Des falaises abruptes s'élevaient tout autour, mais depuis des générations, les gitans connaissaient le chemin.

Laetitia serra les doigts sur ses rênes pour arrêter *Kaho*. Les roulottes colorées étaient installées en demi-cercle, là où plus tard, dans la nuit, elle le savait, serait allumé un feu.

Les violons se mettraient à jouer, lançant leurs mélodies vers le château. Elle se rappelait les soirées d'autrefois passées à les écouter comme dans un enchantement.

Une seule fois ils s'étaient installés dans le château pour des vacances de printemps sans avoir rencontré de gitans sur la route.

Kyril et elle avaient été très déçus de ne pas voir de roulottes sur le plateau; comme ils sortaient de table, leur mère avait soudain levé un doigt.

— Ecoutez! s'était-elle exclamée.

Et ils avaient entendu les violons. Kyril avait dit, les yeux brillants :

— Les gitans! Je savais qu'ils ne nous laisseraient pas tomber!

Ils étaient passés sur la terrasse d'où l'on avait une vue à couper le souffle sur la vallée.

Juste en-dessous d'eux, ils avaient vu le feu des gitans briller dans la nuit, et la musique des violons, des guitares, des cymbales et des tambourins était montée jusqu'à eux dans toute sa puissance évocatrice.

Quelques minutes plus tard, Laetitia, qui avait envie de danser, avait ouvert toutes les fenêtres du grand hall et avec Kyril et Marie-Henriette elle avait tournoyé sur le parquet ciré jusqu'à la limite de ses forces.

Leur père avait fait porter de l'argent aux gitans, qui, en guise de remerciement, leur avaient répondu de grands signes de la main.

Puis ils avaient joué une sérénade, suivie d'une chanson folklorique traditionnelle dans le régiment où avait servi le prince Paul.

Tout cela était très émouvant et Laetitia s'était dit, tout comme maintenant, que les gitans étaient vraiment leurs amis, et que personne, même pas la grande-duchesse, ne pourrait jamais l'empêcher de les aimer.

Elle remit *Kaho* au pas sur la route qui serpentait et prit ensuite le chemin qui menait au camp gitan.

Le Voivode l'attendait. Quelque jeune gitan aux yeux perçants devait avoir détecté son arrivée.

Laissant *Kaho* aux mains d'un de ces garçons dont elle savait qu'il prendrait bien soin de lui, elle alla saluer le Voivode.

– Tout est prêt, Votre Altesse, dit le Voivode.

– C'est très gentil à vous, répondit Laetitia dans la langue des gitans.

Le visage empreint d'un sourire amical, il l'entraîna vers une roulotte très joliment peinte qui se trouvait à côté de la sienne.

– Voici votre roulotte, Votre Altesse, dit-il à Laetitia. Elle est à votre entière disposition, le temps qu'il vous plaira.

Laetitia le remercia encore et pénétra dans la roulotte. Elle était aussi jolie dedans que dehors. Des fleurs et des oiseaux étaient peints sur les cloisons, des rideaux aux couleurs vives pendaient aux petites fenêtres, et par terre un tapis de haute laine tissé à la main aurait pu avoir sa place au palais.

Une femme apporta le paquet qui était attaché à sa selle et Laetitia le posa sur le lit. Puis elle en sortit sa robe de gitane.

— Qu'elle est belle! s'exclama la femme. Son Altesse ressemblera vraiment à l'une d'entre nous quand elle la mettra, ou peut-être encore à nos sœurs tziganes de Russie!

— C'est exactement ce que je voulais, dit Laetitia. Ressembler à une danseuse tzigane!

Elle avait apporté aussi tous les jupons qu'elle possédait. Ils dataient heureusement tous du temps où la famille n'était pas si pauvre, et ils étaient tous bordés d'un volant de dentelle froncée du plus bel effet.

Laetitia enleva son amazone et, avec l'aide de la gitane, enfila les jupons, la blouse aux manches amples et la jupe de soie rouge sur laquelle elle avait cousu des sequins scintillants.

Elle passa ensuite le corselet noir qui enserrait sa taille fine, et qui, une fois lacé, lui donnait une silhouette élégante et mince.

Puis la gitane lui dénoua les cheveux, les laissant retomber sur ses épaules, et elle les brossa jusqu'à ce que chacun d'entre eux soit si brillant qu'il semblait doté d'une vie propre.

Elle ramena en arrière quelques mèches qu'elle attacha avec des rubans rouges et couvrit la tête de Laetitia avec le foulard rouge bordé de sequins qui encadraient son front pâle.

Peut-être était-ce l'excitation due à l'action, ou simplement parce que le foulard lui allait bien, mais ses yeux semblaient immenses dans son petit visage, et sa peau d'une blancheur parfaite.

Elle lui mit enfin deux petites mules rouges, et

attacha des bracelets à ses chevilles et à ses poignets.

La gitane recula et battit des mains.

– Son Altesse a tout à fait l'air d'une gitane!

– Vraiment?

– Une très belle gitane! Mais une gitane de Russie! Pas de Hongrie! Une tzigane!

– C'est ce que je voulais, murmura Laetitia.

Tout cela avait pris un certain temps, et quand elle sortit un peu intimidée de la roulotte, elle vit que le Voïvode l'attendait devant la porte.

– Sa Majesté est arrivée au château, lui dit-il.

Elle avait été si préoccupée par son habillage que, pendant un instant, elle avait presque oublié le roi.

– Elle est au château? demanda-t-elle.

– Elle a été reçue par deux hauts personnages et leurs aides de camp. Et Sa Majesté n'a gardé avec elle que deux de ses hommes.

Laetitia sourit. C'était ce qu'elle espérait. Moins il y aurait de gens au château, plus les choses lui seraient faciles.

– Mes hommes montent la garde, dit le Voïvode, et d'après eux, le dîner de Sa Majesté lui sera servi dans cinq minutes.

Sans avoir besoin de se le faire confirmer, Laetitia savait que le prince Cloviky ne resterait pas au château, mais rentrerait dormir chez lui.

Cela voulait dire qu'il aurait une longue route à faire le soir même et qu'il partirait relativement tôt.

Elle savait aussi que le Grand Chancelier détestait se coucher tard, et que, étant donné la longue journée qui l'attendait le lendemain au palais, il ferait tout son possible pour ne pas rester tard à converser avec le roi.

Ensuite, le roi serait seul.

Tout marchait exactement comme prévu. Et pourtant, en même temps, Laetitia avait peur.

Elle ne s'était pas rendu compte que le Voivode la regardait. Soudain, il lui dit :

– La peur est destructive. Ayez confiance en vous.

– J'essaie, lui répondit-elle.

– Si le destin vous est favorable, tout se passera comme vous l'avez souhaité.

Il parlait d'une voix lente et autoritaire et, sans attendre de réponse, il l'entraîna vers le feu qui avait été allumé et elle comprit qu'elle allait dîner avec les gitans.

Deux chaises avaient été installées pour Laetitia et le Voivode. Le reste de la tribu s'assit à même le sol, tandis que quelques-unes des plus jeunes gitanes servaient un ragoût plus délicieux que tout ce que Laetitia avait mangé depuis longtemps.

Elle savait que les gitans utilisaient beaucoup d'herbes dans leur cuisine, et elle crut même en reconnaître quelques-unes.

Après le ragoût on servit un gâteau au miel.

Puis, quand la lumière du jour commença à baisser, laissant apparaître les étoiles dans le ciel, et que la lune se leva, Laetitia se leva.

Le Voivode en fit de même.

– Vous attendrez mon signal ? demanda-t-elle.

– Nous ferons exactement ce que Son Altesse a demandé.

Comme elle hésitait, il ajouta :

– Nos vœux vous accompagnent, et nos pouvoirs magiques sont à votre disposition.

C'étaient les mots qu'elle attendait, et elle lui sourit avant de s'éloigner.

Les gitans firent comme si de rien n'était, et

personne ne la regarda partir. Ils savaient tous que le moment n'était pas encore venu.

Ce n'est qu'en arrivant à l'extrême limite du plateau, quand elle commença à monter les marches grossièrement taillées qui menaient au château, qu'elle s'aperçut de la présence derrière elle d'un jeune gitan chargé de la protéger.

Malgré son silence absolu et la distance qu'il gardait entre eux, elle savait que le Voivode avait trouvé ce moyen pour qu'elle se sente plus en sécurité.

Les marches étaient escarpées, et elle montait lentement, consciente que le moindre faux pas pourrait entraîner une longue chute dans le vide.

Quand elle atteignit la terrasse sur laquelle donnaient les fenêtres du château, elle la longea dans l'ombre et atteignit les buissons en fleurs qu'elle cherchait.

Ces buissons, qui abritaient une des entrées secrètes du château, avaient été une cachette merveilleuse au temps où elle jouait encore à cache-cache avec les autres enfants.

Le château de Thor avait été construit au Moyen Âge et fortifié contre les attaques possibles des ennemis de l'Ovenstadt. La famille royale s'y était souvent réfugiée pour échapper aux hordes de tueurs qui la poursuivaient.

Jamais les ennemis de l'Ovenstadt n'avaient pu mener à bien un siège de ce château car, alors qu'ils croyaient en bloquer toutes les issues, les hommes du grand-duc continuaient à aller et venir par ses passages secrets.

Laetitia écarta les buissons et en tâtonnant, trouva la porte.

Elle dut pour l'ouvrir arracher le lierre qui l'avait

envahie et fit quelques pas dans un couloir qu'elle savait mener à l'une des tours.

Il faisait si sombre qu'elle avançait les mains en avant, comme une aveugle.

Puis une faible lumière lui parvint, par les meurtrières qui avaient servi aux premiers défenseurs du château pour tirer leurs flèches, et elle commença à monter l'escalier en colimaçon, aux marches usées par le temps.

Quand elle sut qu'elle était arrivée au niveau du premier étage, c'est-à-dire au-dessus du grand hall et de la salle à manger, elle n'alla pas plus loin.

C'était à cet étage que devait reposer le roi.

Là se trouvait une chambre avec un magnifique lit à baldaquin où dormait toujours le grand-duc, ou son père, quand le grand-duc n'était pas avec eux.

Un confortable salon privé communiquait directement avec cette chambre, et c'était une des rares pièces où les enfants n'avaient pas le droit d'entrer sans y avoir été expressément invités.

– Il me faut un endroit où je puisse lire les journaux en paix, avait dit son père sur un ton mi-sérieux mi-moqueur. Je vous laisse tout le reste du château, mais cette pièce est la mienne.

Ils le taquinaient toujours à ce sujet, et prétendaient qu'il ne se rendait dans son salon que pour s'y endormir dans un fauteuil quand il était trop fatigué par leurs bavardages.

Laetitia avait l'impression de se rappeler chaque chaise, chaque fauteuil, chaque table ou guéridon et chaque tableau de cette pièce.

Et elle savait aussi où se trouvait exactement la prise permettant d'ouvrir le panneau secret par lequel elle allait se glisser.

Elle l'actionna tout doucement et, quand le panneau se mit à pivoter lentement, elle entendit une voix d'homme :

– Désirez-vous autre chose, Sire ?

– Non merci, répondit une autre voix, celle du roi très certainement. J'ai quelques papiers officiels à lire, puis j'irai me coucher.

– Les papiers officiels sont souvent d'une lecture fastidieuse, et une longue journée attend Sa Majesté, demain.

– Je sais, répondit le roi. Mais je vous promets de ne pas m'ennuyer plus longtemps avec cela qu'il ne sera absolument nécessaire.

Ils rirent tous deux et l'homme qui avait parlé en premier dit pour conclure :

– Bonsoir, Sire. Tout est très calme ici, et je ne pense pas que vous serez dérangé.

Elle entendit une porte se refermer, et, quelques secondes plus tard, un léger bruissement de papier.

Laetita pénétra dans le salon lentement, silencieusement.

Son père s'était plaint d'un courant d'air dans un coin de la chambre – le vent devait passer par une brèche dans la tour –, et sa mère y avait placé une tapisserie.

C'était un très beau travail, qu'elle avait fait elle-même avec d'anciennes tapisseries trop usées pour être utilisées telles quelles.

Elle en avait gardé les plus beaux morceaux qu'elle avait réunis après les avoir nettoyés, formant une grande fresque que Laetitia déchiffrait pendant des heures quand elle était toute petite, montrant à Marie-Henriette les animaux, les cavaliers et les dames aux hautes coiffures pointues.

Prenant sa respiration, elle passa lentement devant la tapisserie. Comme elle s'y attendait, la pièce n'était pas éclairée par des lampes à huile comme le reste du château mais par des bougies. Son père préférait cela.

De chaque côté de la cheminée où un feu avait été allumé – les nuits étaient encore souvent fraîches à cette époque de l'année –, on avait placé deux énormes chandelles dans de lourds candélabres ciselés.

Au mur, des appliques d'argent portaient chacune deux bougies allumées, et sur la table un autre candélabre éclairait les papiers que lisait le roi.

Laetitia resta silencieuse et, pendant un moment, il ne s'aperçut pas de sa présence.

Puis, comme averti par son instinct, il leva les yeux et resta pétrifié.

Mais la surprise de la jeune fille n'était pas moins grande. Le roi ne ressemblait pas du tout à ce qu'elle avait imaginé.

Il était encore beaucoup plus beau que ce à quoi elle s'était attendue, sachant pourtant la part de sang gitan qui courait dans ses veines. Il avait non seulement les cheveux, mais aussi les yeux, d'un noir profond.

Avec ses traits d'une netteté parfaite, plus elle le regardait, plus elle le trouvait beau; mais aussi différent que possible de tous les hommes qu'elle avait rencontrés jusque-là.

Il y avait en lui autre chose de tout à fait particulier, et Fräulein Sobieski n'avait pas eu tort de parler de cynisme à son sujet. Deux rides dédaigneuses descendaient de son nez aux coins de ses lèvres.

Quand il parla, sa voix était sèche, presque moqueuse.

– Etes-vous une réalité, ou une apparition?
– Une réalité, répondit Laetitia.

– Dans ce cas, j'en déduis, dit le roi, que l'hospitalité dans ce château de Thor est tout autre que ce que j'attendais!

Sa voix avait maintenant une intonation tout à fait cynique et ses yeux lançaient des éclairs dont Laetitia ne comprit pas la nature.

Elle s'approcha.

– Je suis une gitane. Nous sommes donc du même sang.

– On me dit d'habitude que cela est des plus regrettables, fit remarquer le roi.

– C'est peut-être ce qui se dit en Zvotana, répondit Laetitia, mais ici, tous les gitans sont comme moi très fiers de l'être.

– D'où venez-vous? demanda le roi. Et comment avez-vous trompé la vigilance des sentinelles et des gardes du château?

– J'aimerais montrer à Sa Majesté un camp kalderash, dit Laetitia. C'est une tradition, pour les gitans, que de venir s'abriter dans l'ombre du château de Thor.

Tout en parlant, elle se dirigea vers la fenêtre fermée. Elle en ouvrit les deux battants, sachant que c'était là le signal qu'attendaient ceux d'en bas.

Le roi se leva et il n'avait pas traversé la pièce que les premiers accords des violons s'élevaient vers eux.

Laetitia connaissait l'air qu'ils jouaient. C'était une chanson d'amour tendre et provocante.

– Voici donc d'où vous venez! s'exclama le roi. Et comment m'avez-vous dit que se nomme votre tribu?

– Les Kalderash.

Il y eut un instant pendant lequel il sembla

chercher à se rappeler ce qu'il avait entendu dire à leur sujet. Elle ajouta d'une voix douce :
- Ceux qui travaillent les métaux précieux et jettent des sortilèges!
Elle semblait avoir piqué sa curiosité; aussi poursuivit-elle :
- Sa Majesté aimerait-elle nous voir exercer nos pouvoirs? Je pourrais vous montrer aussi comment nous dansons.
- Vous dansez?
Elle hocha la tête.
- Comment vous appelez-vous?
- Saviya, répondit-elle après un instant d'hésitation.
Il eut un mouvement de recul, comme s'il était choqué qu'elle portât le même nom que son arrière-grand-mère.
- Savez-vous que ce nom évoque beaucoup de choses, pour moi? demanda-t-il alors.
- Evidemment! Et je suis fière aussi de porter le même nom que la plus grande danseuse de notre race!
Il semblait heureux de sa réponse, c'est pourquoi elle poursuivit :
- Je ne prétendrai jamais à une telle renommée, mais je serais extrêmement honorée si Sa Majesté me permettait de danser devant elle et devant... elle seule.
Elle se détourna de la fenêtre et, revenant au milieu de la pièce, elle s'aperçut que le roi la regardait.
- Vous êtes très belle, Saviya, et je suppose que beaucoup d'hommes ont déjà dû vous le dire.
Il y avait de nouveau cette note de cynisme dans sa voix, qu'elle ne pouvait ignorer, et elle répondit :

— J'ai en fait rencontré très peu d'hommes qui n'appartenaient pas à ma tribu. Votre Majesté ne le sait peut-être pas, mais les femmes de notre race sont protégées de façon très stricte, par leur père, tout d'abord, puis par leur mari.

— Etes-vous en train de me dire que vous êtes mariée? demanda-t-il.

— Non, répondit Laetitia en souriant.

— Eh bien, tout ce que je peux me dire, c'est que les hommes de votre tribu n'ont décidément pas d'yeux pour voir!

» Parlez-moi de vous, ajouta-t-il en la dévisageant. Cela m'intéresse.

— Les violons nous appellent, Majesté.

— Très bien, dit le roi. Nous parlerons plus tard. Je vais venir avec vous pour vous regarder danser. Je suppose que vous préférez que je vous accompagne seul?

— Vous n'avez rien à craindre. Ce n'est pas tant votre rang qui vous protège, en ce qui nous concerne, mais votre sang.

— Je trouve tout cela très étrange, dit le roi. J'ai toujours évité les gitans, car on me parlait de mes origines comme d'une chose fâcheuse ou tout au moins peu reluisante.

— J'espère que ce soir vous changerez d'avis, répondit Laetitia, et que vous comprendrez la chance que vous avez d'être l'arrière-petit-fils de Saviya.

— On m'a toujours dit qu'elle était très belle, dit le roi. Mais je n'arrive pas à croire qu'elle ait été plus belle que vous.

Laetitia sourit et, à travers ses cils noirs, lui lança un regard provocant.

Puis se dirigeant vers la porte, elle dit seulement :

— Je vais vous conduire par un passage secret afin que personne ne sache que vous avez quitté le château.

Il eut un sourire amusé et intrigué à la fois, et elle commença à descendre un escalier qui menait à la terrasse.

De là, trois marches de marbre menaient au jardin qu'ils traversèrent avant de prendre en sens inverse le chemin escarpé qu'elle avait emprunté pour monter au château.

Tandis qu'ils descendaient les hautes marches de pierre, les violons continuaient à jouer, et au fur et à mesure qu'ils se rapprochaient du campement, Laetitia se sentait envahie par la musique jusqu'au plus profond de son être.

Devant la dernière marche, le Voivode les attendait, plus resplendissant encore que lorsque Laetitia l'avait quitté.

Il avait accroché à son cou d'autres chaînes en or, sur lesquelles brillaient de magnifiques pierres rouges — des rubis, certainement — et passé à ses doigts de lourdes bagues serties des mêmes pierres.

— Puis-je me permettre de vous souhaiter la bienvenue, Majesté, en tant qu'un des nôtres et non en tant que roi, dit le Voivode d'une voix chargée de respect.

— Je suis enchanté de votre invitation, répondit simplement le roi.

Les deux chaises sur lesquelles Laetitia et le Voivode s'étaient assis avaient fait place à deux fauteuils sculptés qui ressemblaient presque à des trônes.

Un tapis était placé devant le fauteuil du roi et près de lui une table portait un de ces ravissants gobelets dans lesquels Laetitia avait bu la première fois.

Une gitane le remplit de vin, et quand le roi le leva pour porter un toast avec le Voivode, Laetitia sentit une main qui la tirait à l'écart.

C'était la gitane qui l'avait aidée à s'habiller. Sans un mot, elle lui enleva son foulard qu'elle remplaça par une couronne de rubans rouges sertie d'or et de pierres précieuses.

La gitane accrocha ensuite à son cou un collier de pièces d'or et fixa à ses oreilles d'énormes boucles où des pierres rouges se mêlaient aux sequins.

Une musique enjouée et sauvage éclata alors et les jeunes femmes de la tribu, se tenant par la main, firent un grand cercle autour du feu.

Puis elles s'écartèrent et Laetitia se mit à danser. Ses mouvements, tout d'abord lents et gracieux, allèrent en s'accélérant et en s'intensifiant.

Mais Laetitia savait sans que personne ne le lui dise que cette musique n'était pas pour elle, qu'il lui fallait attendre.

Enfin, la danse prit fin, les jeunes femmes se retirèrent dans l'ombre, et Laetitia sut que le moment était venu.

La musique avait changé. Elle était plus douce, plus subtile et plus tendre, et quand Laetitia s'avança vers le feu, les gitans se mirent à chanter.

C'était une mélodie enjôleuse, et les voix s'accordaient à la musique mais aussi aux étoiles qui brillaient au-dessus d'eux dans le ciel, et au clair de lune qui couvrait de reflets argentés les montagnes environnantes et les tours du château.

Les sons délicats, qui tintaient jusque-là comme des clochettes, prirent une nouvelle ampleur, atteignant Laetitia en plein cœur, et elle sentit qu'elle ne faisait plus qu'un avec cette musique.

Le rythme s'accéléra, et les pieds de Laetitia se

mirent à frapper le sol de plus en plus vite. Il lui semblait avoir des ailes.

Chaque torsion du buste, chaque pirouette, chaque pas lui venaient comme naturellement. Guidée par son instinct elle n'avait même plus à penser.

La musique se fit plus sauvage et elle se mit alors à sauter autour du feu avec une grâce extraordinaire, comme si elle était soulevée dans les airs par des fils invisibles, et elle bondit enfin par-dessus le feu, une fois, puis une seconde fois.

Alors ses mouvements se ralentirent et elle sentit qu'elle ne dansait plus avec son cœur, mais avec son âme.

Quand l'intensité de la musique parut atteindre un point presque insupportable, elle fit place à une mélodie douce, paisible, tel un arc-en-ciel après l'orage.

Puis, comme si une voix venant de l'extérieur le lui avait ordonné, Laetitia s'immobilisa totalement tout près du feu, les bras au-dessus de sa tête et tout son corps étincela comme une flamme.

Et quand elle rejeta sa tête en arrière dans un mouvement d'extase pour regarder les étoiles, ce fût comme si elle ordonnait à tous ceux qui la regardaient de lever les yeux en même temps.

Elle resta ainsi un long moment, puis la musique mourut dans un soupir, et Laetitia sembla se fondre dans l'ombre et disparut.

Il y eut un moment de silence total et le roi, qui n'avait pas bougé depuis que Laetitia s'était mise à danser, eut une inspiration profonde, comme s'il avait oublié de le faire pendant tout ce temps.

Quand la musique reprit, très douce, il se sentit revenir à la réalité, et vida instinctivement son verre qui avait été de nouveau rempli sans même qu'il s'en aperçoive.

— Je n'avais jamais imaginé qu'une danse gitane puisse être aussi merveilleuse! dit-il au Voivode pour briser enfin le silence. Mais Saviya doit être exceptionnelle. Il ne peut exister d'autres danseuses aussi merveilleuses qu'elle!

— S'il en existe, répondit le Voivode, je ne les ai encore jamais rencontrées.

« Que fait-elle donc ici? » pensa le roi. Mais il n'en souffla rien, pensant que ce serait grossier.

— J'ai du mal à croire que je n'ai pas rêvé, dit-il simplement.

— Demain, Votre Majesté, remarqua le Voivode avec un sourire, vous vous direz que vous étiez sous le charme d'un de nos sortilèges, ou peut-être de notre vin, et vous n'y croirez plus.

Le roi resta silencieux. Cette danse lui avait apporté une émotion telle qu'il n'en avait jamais vécu de semblable auparavant.

Et bien que cela lui fût difficile à admettre, il comprit qu'il n'avait pas besoin de traduire cela par des mots car le Voivode savait ce qu'il ressentait.

Comme s'il devait essayer de revenir sur terre, il déclara :

— S'il s'agit d'un sortilège, je n'ai pas besoin de vous dire le plaisir qu'il m'a apporté. Et je ne peux que vous demander de m'en montrer davantage.

— Vous le désirez vraiment, Majesté?

— Bien sûr! J'ai toujours entendu parler des pouvoirs magiques des gitans, mais je n'ai jamais eu jusqu'ici l'occasion de les voir à l'œuvre!

— Nous avons un rite très spécial dans notre tribu, qui vous intéressera peut-être, Majesté, si vous n'avez pas peur d'y participer.

— Peur? Evidemment, que je n'ai pas peur! répondit le roi.

— En êtes-vous certain?

– Tout à fait certain.

Il y eut un silence, puis le roi ajouta :

– Montrez moi donc cela. C'est une chose qui me passionne, et il ne me sera probablement jamais plus offert d'y assister.

Le Voivode, ayant scruté son visage, dit d'une voix calme :

– Le rite magique dont je parle, et auquel vous voudrez peut-être prendre part, Majesté, est celui d'un mariage gitan !

5

Le roi, très étonné, regarda le Voivode un long moment sans rien dire.

Puis Laetitia, se sentant pour la première fois de la soirée intimidée, sortit lentement de l'ombre et vint se placer à ses côtés.

Elle avait enlevé la couronne, les boucles d'oreilles et le collier qu'elle portait pour danser, et les avait remplacés par ses propres bijoux et son foulard rouge.

Mais l'effort qu'elle venait de faire avait coloré ses joues, et ses yeux brillaient comme s'il y avait eu en elle un feu intérieur.

Le roi la contempla longuement puis, se tournant vers le Voivode :

– Et qui devrai-je épouser?

– Qui d'autre que Saviya? Mais laissez-moi tout d'abord vous expliquer quelque chose à tous deux.

Son ton était si solennel que Laetitia et le roi furent tout oreilles et il poursuivit :

– Si vous faisiez partie de ma tribu, si vous étiez des Kalderash, je ne pourrais faire célébrer la cérémonie dont je veux vous parler.

– Saviya n'appartient donc pas à votre tribu? l'interrompit le roi, surpris.

Le Voivode secoua la tête.

– Aucun de ceux de ma tribu n'est de sang mêlé, et Votre Majesté et Saviya n'êtes pas de purs gitans. Il vous sera néanmoins permis de voir, d'entendre et de ressentir des choses interdites aux *gorgios*.

Le roi restait silencieux, mais Laetitia ne put retenir un murmure d'enthousiasme.

C'était une chose dont elle avait toujours rêvé, mais qu'elle pensait ne jamais être autorisée à voir.

Elle savait que les gitans gardent très secrets leurs rites magiques, de même qu'ils ne répondent jamais aux questions des étrangers ni ne parlent de ce qui n'est connu que des membres de leur tribu.

Très certainement le roi n'avait pas conscience de leur fierté ni du fait que leur sang ne devait en aucun cas être souillé par une union avec un *gorgio* ou tout membre d'une autre tribu.

Comme s'il avait deviné ses pensées, le Voivode la regarda avec une expression de sagesse et de compréhension. Puis il se mit à parler avec l'éloquence et la culture d'un homme qui, à sa manière, et par son sang hongrois, était né roi.

– Le mariage qui unit un pur gitan et sa fiancée est sacré et il vaut jusqu'à leur mort, leur dit-il. Pour les Kalderash, c'est un sacrement qu'il est interdit de rompre. Celui qui le ferait serait expulsé de la tribu.

Puis il ajouta de sa voix calme :

– Mais il existe une autre cérémonie que ne pratiquent pas les Kalderash, mais d'autres tribus, en particulier celles qui vivent en Russie et en France.

Il jeta un coup d'œil au roi comme s'il se rappelait que ce dernier avait vécu en France, puis reprit :

– Ce mariage n'est rien de plus qu'un jeu dans lequel les deux fiancés suivent les directives des dieux.

Le roi et Laetitia écoutaient avec un intérêt passionné.

– Cette cérémonie consiste principalement à jeter sur le sol un plat en terre. Le nombre des morceaux signifie le nombre de jours, de semaines ou d'années pendant lesquels les deux époux devront rester fidèles l'un à l'autre. (Puis d'une voix grave et impressionnante :) A la fin de cette période le mari et la femme sont libres de se séparer ou de casser un autre plat en terre.

Laetitia retint sa respiration. Elle comprenait maintenant comment le Voivode avait décidé de l'aider.

Si le roi acceptait, il serait lié à elle pour la durée de son séjour en Ovenstadt, et il ne pourrait donc pas demander la main de Stéphanie.

« Seulement, pensa-t-elle affolée, il pouvait toujours refuser de prendre part à cette cérémonie, ou décider ensuite de ne pas la prendre au sérieux. »

Comme si ses pensées se communiquaient d'elles-mêmes au Voivode, celui-ci s'adressa au roi :

– Je dois vous avertir, Majesté : si vous brisez votre serment avant le temps imparti par les dieux, cela vous exposera au mauvais sort et à la malchance que redoutent tous les gitans.

Après une légère hésitation, le roi répondit :

– Vous pouvez me faire confiance. En tant qu'arrière-petit-fils d'une gitane de race pure, je me soumettrai aux règles que cette cérémonie m'imposera.

Laetitia sentit son cœur bondir dans sa poitrine.

Puis le Voivode, effaçant un rapide sourire de satisfaction, dit au roi :

– Si telle est votre volonté, Majesté, vous allez voir ce que seuls ont le droit de connaître nos frères et nos sœurs de sang.

Laetitia serrait ses mains l'une contre l'autre.

– La cérémonie peut commencer, dit le Voivode. Mais la coutume veut, Majesté, que le fiancé achète tout d'abord sa fiancée. Si vous avez une pièce d'or, donnez-la-moi.

– Je crois que pour ce que vous m'offrez, répondit le roi, une seule pièce d'or est bien peu de chose.

Sans en dire davantage, il détacha de sa tunique blanche une de ses décorations.

C'était une étoile de diamant qui, lorsqu'il la mit dans la main du Voivode, brilla de mille reflets.

– Et maintenant la Coupe d'Amour, dit le Voivode.

Un gitan plaça dans ses mains un gobelet, beaucoup plus grand que ceux que Laetitia avait vus jusque-là. Il était en or, travaillé avec ce raffinement exquis qu'elle avait déjà admiré, et entièrement incrusté de pierres de toutes les couleurs.

Le Voivode le tendit au roi, qui y but, puis à Laetitia.

Le vin était délicieux, peut-être plus inhabituel encore que celui auquel elle avait goûté avec le Voivode.

Mais il semblait jouir des mêmes propriétés, car tout de suite après, elle se sentit parfaitement bien, dans un monde où tout n'était que beauté. Et elle avait en plus une conscience aiguë de ce qu'elle savait être une réaction émotionnelle à tout ce qui l'entourait.

Comme si les étoiles s'étaient rapprochées, comme si la lumière du feu était devenue plus intense et que les ombres noires comme du velours les recouvraient d'un voile protecteur.

– Et maintenant, disait le Voivode, la fête va commencer, car votre union marquera la fin du jour.

On apporta un troisième fauteuil, et Laetitia y prit place, entre le Voivode et le roi.

Une table basse fut installée devant eux, portant une vaisselle d'or aussi splendide que les gobelets dans lesquels ils avaient bu.

Pendant qu'ils se restauraient, les violons se remirent à jouer, et les gitans défilèrent un par un, réalisant pour eux toutes sortes de tours dont Laetitia ne les aurait jamais crus capables, et qu'en tout cas elle n'aurait jamais rêvé voir de ses propres yeux.

L'un d'eux fit apparaître des colombes de nulle part. Il leva les bras au ciel et elles volèrent vers lui et vinrent se poser sur sa tête, ses mains et ses pieds.

Puis il leur donna un ordre à voix basse et trois d'entre elles s'envolèrent dans la direction qu'il avait désignée. Quand elles revinrent, il les fit tourner trois fois autour de lui avant de les laisser se poser sur ses bras.

Une autre alla chercher une feuille dans un arbre et une dernière cueillit une fleur dans son bec.

Elles faisaient tout ce qu'il leur demandait. Puis, soudain, il leur dit de partir et elles disparurent, le laissant seul devant le feu.

Ensuite, une gitane au costume somptueux et aux bras alourdis de ces bracelets précieux si chers aux

Kalderash apporta trois paniers d'osier qu'elle plaça devant elle.

Elle porta à ses lèvres un instrument qui ressemblait à une flûte, et, comme Laetitia l'avait deviné, trois cobras sortirent des paniers.

Ils étaient superbes, dressés sur eux-mêmes mais menaçants, avec leurs langues fourchues et leurs yeux brillants.

Tout comme les colombes avaient obéi au gitan, les cobras obéissaient maintenant à la musique de la flûte, se balançant au rythme de ses notes et s'enroulant sur eux-mêmes dans un mouvement sans fin.

La gitane joua soudain une note plus aiguë, et les serpents se glissèrent à l'intérieur de leurs paniers.

Puis un autre gitan fit apparaître des fleurs et les mit en pot, juste sous leurs yeux. Et quand la plante eut poussé plus haut que leurs têtes, il leur montra à la naissance d'une des branches un nid avec un oiseau.

Cela relevait peut-être de l'hypnotisme. Mais il y avait une telle maîtrise, une telle perfection dans ce spectacle, qu'il leur était difficile de croire que ce qu'ils voyaient n'appartenait pas à la réalité.

La fête passa comme un éclair. Puis ceux qui les servaient enlevèrent la table et le Voivode se leva.

C'est à ce moment-là qu'un jeune homme déposa un fagot à côté de lui.

Laetitia s'en étonna. Son père lui avait raconté un jour qu'un des symboles les plus sacrés du mariage gitan se composait de rameaux provenant de sept arbres différents.

Un instant, elle eut peur. Si le Voivode prononçait une incantation au-dessus des rameaux et les prenant un par un les cassait et les jetait au vent, elle serait liée au roi par le vœu sacré des gitans jusqu'à sa mort.

Mais le Voivode ne brisa pas les rameaux. Il les mit simplement de côté et prit le pain et le sel que quelqu'un avait posés auprès d'eux.

Versant le sel sur le pain, il en tendit un morceau au roi puis à Laetitia en leur disant :

– Lorsque vous ne voudrez plus de ce pain et de ce sel, vous ne voudrez plus l'un de l'autre.

– Et maintenant, Majesté, dit-il en se tournant vers le roi, donnez votre morceau de pain à Saviya et prenez le sien, puis chacun de vous devra le manger.

Ils s'exécutèrent tandis que quelqu'un mettait un petit pot en terre cuite dans la main du Voivode.

Il était rempli d'eau. Le Voivode le tendit vers le ciel, comme une offrande aux dieux, avec ces mots :

– Concentrez vos pouvoirs sur ce pot et sur cet homme et cette femme qui seront liés l'un à l'autre comme mari et femme pour aussi longtemps que vous en déciderez ainsi.

Puis, de toutes ses forces, il le jeta à terre.

Laetitia retint son souffle. Le roi devait rester en Ovenstadt jusqu'à la cérémonie où il recevrait l'Ordre de la Liberté, le vendredi suivant.

Si le rite de ce soir l'empêchait pendant trois jours de demander la main de Stéphanie, il repartirait sans l'avoir fait, et la grande-duchesse serait bien obligée d'accepter sa défaite.

Un instant, tant c'était important pour elle, elle n'osa pas regarder. Puis elle entendit quelqu'un murmurer *semno*, ce qui veut dire « cinq », et quand elle baissa enfin les yeux, elle vit que le pot s'était cassé en cinq morceaux.

Le Voivode se baissa, ramassa l'anse du pot, qu'il tendit au roi, et un autre petit morceau, qu'il tendit à Laetitia.

— Vous êtes maintenant, leur dit-il, liés l'un à l'autre par un lien indestructible pour une durée que les dieux ont fixée à cinq jours, ou tout autre multiple de cinq. Gardez le morceau que je vous ai donné, prenez-en bien soin, car si vous le perdez avant la fin de la période indiquée par les dieux, la misère, la solitude et la malchance s'abattront sur vous.

Il parlait d'une voix si impressionnante que Laetitia se sentit frissonner. Et si le roi, parce qu'il n'y croyait pas, attirait véritablement le malheur sur eux?

Puis le Voivode tira de sa ceinture un couteau au manche incrusté de pierreries et prit dans sa main la main droite du roi et la main gauche de Laetitia.

Il traça une minuscule entaille sur leurs poignets et quand le sang affleura sur leur peau, il joignit leurs bras afin que leurs sangs se mêlent et il les attacha avec une corde de soie par trois nœuds successifs.

Laetitia connaissait grâce à son père la signification de ces trois nœuds : fidélité, fertilité et longue vie.

Le roi la connaissait-il aussi? Si oui, il aurait pu craindre tout d'un coup de s'être laissé entraîner dans un mariage pour plus longtemps que les cinq jours exigés par les dieux.

Puis la voix du Voivode résonna de nouveau dans le silence :

— Allez en paix, et sachez que les dieux vous ont bénis. Seuls ceux de notre sang ont le droit de voir ce que vous avez vu ce soir, et vous partagez maintenant tous les deux un pouvoir magique qui n'appartient qu'à vous, la magie de l'amour!

Le chant des violons éclata alors, joyeux et triomphant dans les ténèbres.

Un jeune garçon qui tenait une torche allumée se dirigea alors vers la falaise, suivi d'un violoniste, et le roi et Laetitia surent, sans que nul n'ait besoin de le leur dire, qu'ils devaient le suivre eux aussi.

Quand ils passèrent devant le feu, les gitans se remirent à chanter ce chant d'amour à la fois doux et violent, tendre et passionné, qu'ils avaient entendu tout à l'heure.

Ils atteignirent les marches qui conduisaient au château et commencèrent à monter, toujours conduits par la lumière de la torche.

Ce n'est que longtemps après que Laetitia se demanda comment le roi et elle avaient pu escalader les marches étroites et escarpées, ainsi liés l'un à l'autre par le bras.

A mi-chemin, environ, le jeune garçon s'arrêta et s'effaça. Le violoniste s'inclina profondément devant eux, le roi s'adressa à lui :

– Dites à votre Voivode que vous serez toujours les bienvenus en Zvotana, et qu'à mon retour j'édicterai une loi interdisant de persécuter les gitans en Zvotana ou de les en chasser tant que je serai sur le trône.

Une expression de bonheur et de reconnaissance se peignit sur le visage du gitan, montrant par là qu'il avait compris. D'un geste impulsif il s'agenouilla et prit la main libre du roi pour la baiser avant de redescendre vers les siens.

Laetitia et le roi poursuivirent leur ascension vers la terrasse du château. La jeune fille se garda bien de se retourner : elle savait que pour les gitans, regarder un endroit que l'on venait de quitter porte malheur et peut empêcher de jamais y retourner.

Elle conduisit le roi par l'entrée et le passage secret afin qu'il puisse pénétrer dans sa chambre sans être vu. Ils montèrent l'escalier de la tour en silence, et regagnèrent le salon qu'ils avaient quitté quelques heures plus tôt.

La lumière des bougies avait baissé, et le feu n'était plus qu'un tas de braises incandescentes dans la cheminée.

Comme si elle éprouvait des difficultés à revenir à la réalité, Laetitia prit soudain conscience que le roi lui tenait la main, alors que leurs bras étaient toujours attachés l'un à l'autre par le cordon de soie.

— Si je... défaisais ces nœuds? demanda-t-elle d'une voix qui lui sembla celle d'une autre.

Sans attendre la réponse, elle se détacha, sentant soudain battre son pouls dans la minuscule égratignure que le Voivode lui avait faite avec son couteau.

Puis elle leva les yeux vers le roi. Ils étaient seuls, et il la regardait.

— Ainsi nous sommes mariés! dit-il d'une voix tranquille. Pour combien de temps, Saviya? Cinq jours, cinq semaines, ou l'éternité?

Surprise par sa question, elle répondit très vite, pensant à Stéphanie :

— Je crois, Majesté, que cinq jours vous paraîtront... bien suffisants, mais je vous en prie... respectez-les.

— J'ai promis, répondit le roi, et je ne manque jamais consciemment à ma parole.

Rassurée par cette réponse, Laetitia murmura :

— Je suis... si... contente... qu'il en soit... ainsi.

— Comment pourrait-il en être autrement, demanda le roi, alors que cette soirée m'a révélé des choses que je ne connaissais pas, dont je ne soupçonnais même pas l'existence ? Et qu'elle m'a permis en plus de vous rencontrer, Saviya ?

Sa voix était devenue soudain plus grave, et un feu étrange s'était allumé dans ses yeux. Pour la première fois de la soirée, elle se sentit tout à coup en danger.

Elle allait faire un pas en arrière, mais il était déjà trop tard.

Il la prit dans ses bras et l'attira vers lui :
– Vous êtes ma femme, mon épouse gitane, celle que le destin ou les dieux ont choisi de me donner.

Et avant qu'elle ait eu le temps d'étendre les mains pour le repousser, les lèvres du roi se posèrent sur les siennes.

Laetitia n'avait jamais été embrassée auparavant, et elle s'était toujours imaginé que son premier baiser serait quelque chose de doux, de tendre et de réconfortant.

Mais les lèvres du roi étaient dures, possessives et la retenaient prisonnière, au point de lui faire mal.

Mais en même temps qu'elle voulait se débattre et se libérer de son étreinte, quelque chose l'empêchait de le faire.

C'était la même magie qu'elle avait ressentie pendant sa danse et lorsqu'elle avait bu le vin des gitans, une sensation qui semblait l'envahir et s'intensifier peu à peu, tandis que ses lèvres s'abandonnaient à la bouche impérieuse, et que tout son corps se tendait comme sous l'effet d'une étrange musique.

Les bras du roi se resserrèrent autour d'elle.

Un plaisir violent monta de sa poitrine à ses

lèvres et elle sut que ce baiser scellait entre eux un lien plus fort que tous les pouvoirs du Voivode.

Un lien qui concernait son corps, mais aussi son cœur et son âme, un lien si puissant, si total qu'il était la vie même.

Puis les lèvres du roi se firent plus insistantes, plus possessives, et elle sentit qu'il se passait en lui la même chose que pour elle, comme si à son tour il comprenait que leur rencontre était spirituelle autant que physique.

— Vous êtes si parfaite, vous que j'ai cherchée toute ma vie.

Puis il l'embrassa de nouveau, follement, triomphalement, dans une symphonie qui évoquait la musique qui les avait accompagnés lorsqu'ils avaient quitté les gitans.

C'était la magie qui avait entraîné Laetitia vers les étoiles qui brillaient au-dessus d'eux, très haut dans le ciel.

Et elle savait que les flammes qui embrasaient son corps brûlaient aussi ardemment celui qui la tenait dans ses bras.

Alors il s'écarta d'elle légèrement et lui dit :

— Tu es ma femme! Je te veux, maintenant, tout de suite, et je sais que toi aussi tu me désires!

Tout d'abord, elle ne comprit pas.

Puis, dans un éclair de lucidité, elle se souvint qu'elle n'était pas Saviya, la danseuse gitane, mais Laetitia, la fille de la princesse Olga. Elle devait fuir.

Mais alors, la magie de cette nuit revint dissiper tout le reste, et Laetitia eut envie que le roi continue à l'embrasser et à la serrer contre lui, plus près, toujours plus près.

Avec une violence irrépressible, et comme inévitable, elle voulait qu'il l'aime et lui donner son amour en échange.

C'était comme si chaque muscle, chaque nerf de son corps se tendait vers lui, lui qui la désirait de toutes ses forces.

« Je dois partir!... il faut partir! », se disait-elle, mais tout son être lui criait de rester.

Il lui était impossible de refuser le plaisir de ces lèvres, d'ignorer ce feu qui les brûlait de flammes identiques.

Le roi se remit à l'embrasser, mais quittant ses lèvres, la bouche exigeante descendit le long de son cou, l'effleurant doucement. Et Laetitia se sentit frissonner contre lui, le souffle court.

– Je... vous... aime! murmura-t-elle. Je... vous... aime!

Elle ne pouvait dire si elle avait prononcé ces mots ou si elle les avait entendus résonner dans son cœur.

– Et moi aussi, je vous aime, ma merveilleuse épouse! répondit le roi. Venez, ma chérie, ne perdons pas de temps à rester ici, debout.

Il l'entraîna vers la porte qui menait à la chambre que Laetitia connaissait si bien, puisque c'était celle où avait si souvent dormi son père.

Cette pensée l'arrêta. Jamais il ne l'aurait laissé faire ce que le roi voulait d'elle à ce moment-là.

Quand le roi poussa la porte et qu'elle vit le grand lit à baldaquin ouvert pour la nuit, elle sut qu'elle devait fuir.

– Croyez-vous que je pourrais boire quelque chose? demanda-t-elle d'une toute petite voix.

– Bien sûr, répondit-il en souriant. Ce sel nous a donné soif, je crois.

Il retira le bras qui enlaçait encore Laetitia et se

dirigea vers une table basse dans un angle de la chambre.

Laetitia savait que l'on y conservait toujours un flacon de vin, pour toute éventualité.

Et la tradition du château voulait aussi qu'on ait préparé pour la soirée une carafe de citronnade fraîche.

– Vin, champagne ou citronnade? Que préférez-vous, madame? demanda-t-il en regardant les verres et les carafes.

Comme Laetitia ne répondait pas, il se retourna.

Il n'y avait plus personne dans la pièce.

Ayant doucement refermé le panneau secret, Laetitia descendit en courant l'escalier de la tour et se précipita dehors.

Elle courut jusqu'aux marches de la falaise. Là, elle vit le jeune gitan à la torche, assis un peu plus bas, de façon à ne pas être vu du château.

A son arrivée, il se leva et se mit à descendre devant elle, tenant la torche assez haut pour éclairer ses pas.

Elle regardait les marches, attentives à poser les pieds au bon endroit. A la dernière marche seulement, elle releva les yeux.

Le plateau était presque entièrement vide. Seule, la roulotte qu'elle avait utilisée pour s'habiller était encore là.

Le jeune garçon l'y conduisit. Un cheval y était déjà attelé, et la gitane de tout à l'heure l'attendait pour l'aider à se changer.

Quand elle défit son corselet de velours, quelque chose tomba sur le plancher de la roulotte. C'était le morceau du pot de terre.

Comme elle le ramassait, la gitane dit :
— Gardez-le précieusement, gracieuse princesse, il vous portera bonheur.
— Oui, je sais, répondit Laetitia avec un sourire.
— Le Voïvode a laissé autre chose pour Son Altesse.
Et elle lui montra, posé à côté de son amazone, le petit fagot de rameaux que le Voïvode n'avait pas brisés au cours de la cérémonie.
— Merci, dit Laetitia qui ne comprenait pas très bien pourquoi le Voïvode les lui avait laissés.
Avec l'aide de la gitane, il ne lui fallut que quelques minutes pour enlever sa robe et remettre son amazone.
— Je ne sais comment vous remercier, dit-elle quand elle fut prête. Je voudrais pouvoir vous offrir quelque chose en signe de reconnaissance.
— Ce n'est pas la peine, gracieuse princesse, répondit la gitane. Mon mari m'a fait part de la promesse qu'a faite le roi de recevoir les gitans en Zvotana. Pour nous, aucun présent ne peut valoir celui-là !
C'était bien vrai, Laetitia le savait. Tant de pays persécutaient et emprisonnaient maintenant les gitans.
Alors elle lui tendit la main et lui dit :
— Eh bien, merci, de tout mon cœur, merci.
La gitane s'inclina et baisa la main de la princesse. Lorsque Laetitia sortit de la roulotte elle trouva *Kaho* qui l'attendait.
Le jeune gitan attacha à la selle le paquet qui contenait sa robe et l'aida à monter à cheval.
Dès qu'elle se fut éloignée, elle entendit la roulotte s'ébranler pour rejoindre le reste de la tribu.
Lorsqu'elle avait quitté le camp avec le roi, les gitans avaient dû se mettre presque immédiatement

en route, afin d'éviter toute question embarrassante, au cas où on l'aurait fait rechercher.

« Je ne pense pas qu'il s'en donnera même la peine », se dit-elle.

Mais en même temps, elle savait qu'il devait autant la désirer en ce moment qu'elle le désirait elle-même.

Ses baisers et les émotions qu'il avait éveillées en elle dépassaient tout ce qu'elle avait jamais imaginé.

Regretterait-il de ne plus jamais voir Saviya, son épouse gitane?

Quand *Kaho* parvint au bas de la route sinueuse qui menait au château, elle ne put s'empêcher de s'arrêter pour se retourner et regarder en arrière.

Le château dominait maintenant de toute sa hauteur, et les montagnes derrière semblaient plus puissantes et plus magnifiques que jamais.

Toutes les fenêtres étaient dans l'ombre, sauf une!

Celle-là était encore ouverte, et les rideaux n'étaient pas tirés.

« Que pense-t-il, maintenant que je suis partie? », se demanda-t-elle.

Se disait-il que tout cela n'était qu'une illusion créée par la magie des gitans? Qu'elle n'était qu'un mirage vite oublié?

Cette pensée ouvrit en elle une douloureuse blessure : le jeu joué pour sauver Stéphanie l'avait entraînée beaucoup plus loin.

Kaho se remit en route. Les premières lueurs de l'aube commençaient à éclairer le ciel où déjà les étoiles s'effaçaient.

L'aube se levait vite en Ovenstadt, et il ferait déjà jour lorsqu'elle rentrerait.

Cependant elle avait envie de rester, car quelle

que soit la suite des événements, elle avait irrévocablement laissé son cœur au château où le roi dormait peut-être déjà.

Kaho avait hâte de retrouver son écurie, et il marcha à si bonne allure que cinq heures sonnaient lorsque le palais se dessina contre le ciel.

Laetitia avait peine à croire que tant de choses lui étaient arrivées depuis la veille, alors qu'elle était partie avec la crainte d'échouer dans sa mission.

Et si le Voivode n'avait pas répondu à sa demande ? Elle l'avait simplement supplié d'utiliser ses pouvoirs magiques sur le roi pour l'empêcher de demander la main de Stéphanie.

– Si Sa Majesté fait sa demande lors de sa visite officielle ici, avait-elle expliqué au Voivode, la grande-duchesse acceptera au nom de Stéphanie, et celle-ci ne pourra jamais briser la promesse faite par sa mère. Et elle sera obligée d'épouser le roi qu'elle n'aime pas.

Elle savait que chez les gitans, quand une femme promet sa main à un homme, elle fait un serment presque aussi sacré que celui du mariage.

Ce que le Voivode avait fait durant la nuit dépassait toutes les espérances de Laetitia.

Mais elle s'était laissé prendre au jeu. Elle savait, quand elle avait dansé pour le roi, qu'elle avait tout fait pour qu'il la désire, afin de perdre tout intérêt pour Stéphanie.

Elle l'avait souhaité de toutes ses forces, tout en se disant que cette mise en scène ne mènerait à rien ; or, avec l'aide magique des gitans, elle avait réussi.

Ce qu'elle n'avait pas envisagé, en revanche,

c'était l'attirance qu'elle avait maintenant pour lui, et lui pour elle.

« Je le veux! Je veux ses baisers! Je veux son amour! » criait Laetitia intérieurement, effrayée par ses propres pensées.

Il était trop tôt pour que Gustave soit déjà levé. Elle conduisit elle-même *Kaho* à l'écurie, lui enleva sa selle et sa bride, et il retrouva avec plaisir une mangeoire pleine.

Se glissant dans la maison par la porte de derrière, elle grimpa en silence l'escalier jusqu'à sa chambre, se déshabilla et se mit au lit.

Allongée, la tête sur l'oreiller, elle pensait qu'elle n'arriverait jamais à s'endormir, qu'elle allait rester là à penser au roi, à ses bras qui l'avaient serrée contre lui et aux sensations sauvages qu'il avait éveillées en elle.

« Comment puis-je aimer un homme que je connais à peine? » se demandait-elle.

Mais lorsque le roi avait levé les yeux de ses papiers, elle avait senti en lui quelque chose de différent de tous les hommes qu'elle connaissait.

C'était le destin qui l'avait envoyée vers lui, ou peut-être même les dieux invoqués par le Voivode au cours de la cérémonie.

Puis, désespérée, elle se demanda à quoi servait ce mariage, puisqu'ils ne pouvaient être ensemble comme mari et femme.

Elle avait bien envie de pleurer sur ce qu'elle avait perdu, mais le souvenir de leurs baisers effaçait le reste. Cela s'appelait l'amour et c'était plus beau que la terre et le ciel réunis, et il était impossible de ne pas y répondre.

6

Laetitia entendit la porte s'ouvrir doucement et elle s'éveilla.

Un moment encore elle resta dans son rêve.

Puis elle aperçut Marie-Henriette qui la regardait, et revint à la réalité.

— Enfin tu es réveillée! s'exclama Hettie. Je croyais que tu allais dormir encore cent ans!

Avec effort, Laetitia essaya de se redresser sur son séant.

— Quelle heure est-il?

— Une heure passée, et Gertrude se demandait si tu allais manger quelque chose!

— Ce n'est pas vrai! J'ai du mal à croire que j'aie pu dormir si longtemps!

— Maman nous a dit de ne pas te déranger.

Soudain Laetitia se souvint :

— Et le roi! Est-il arrivé?

— Oui, je crois, répondit Marie-Henriette. Mais maman ne nous a pas permis d'aller le regarder lorsqu'il passait en revue la garde d'honneur.

Laetitia repoussa ses cheveux en arrière.

— Pourquoi donc? demanda-t-elle sans réfléchir.

— Elle a dit que ce serait dégradant de nous

retrouver mêlées à la foule, au lieu de l'attendre au palais, comme le voudrait le protocole.

Laetitia eut un petit rire.

— Mais cousine Augustina pense que ce n'est pas notre place!

— Et voilà! dit Marie-Henriette. Mais nous le verrons ce soir au bal.

Laetitia avait la sensation de revenir d'une autre planète.

Elle était tellement absorbée par son rendez-vous avec les gitans et le roi, la veille, qu'elle avait eu du mal à penser à autre chose, et en avait presque oublié ce qui se tramait au palais.

Elle comprit alors seulement que, si tout allait bien, Stéphanie était sauvée du mariage arrangé par la grande-duchesse. Le roi ne demanderait pas sa main.

Alors soudain, elle se sentit très lasse et s'appuya de tout son long sur ses coussins.

— Je vais t'apporter ton petit déjeuner, dit Marie-Henriette. Tu dois mourir de faim.

Tandis qu'elle courait à la cuisine, Laetitia se plongea dans ses réflexions. Le roi ne devait surtout pas la voir au bal ce soir-là.

Elles ne seraient certainement pas présentées au roi — la grande-duchesse les détestait trop. Et il y avait peu de chances pour qu'il la remarque parmi les deux cents invités qui se serreraient dans la salle de bal.

« Les gens ne voient que ce qu'ils s'attendent à voir », disait toujours son père. Le roi ne s'attendait certainement pas à retrouver sa petite gitane en débutante, au bal du palais.

Plus elle y repensait, plus elle se persuadait de l'efficacité de son déguisement de la veille.

Pendant tout le temps où elle était avec le roi —

tant pour aller le chercher que pour retourner ensemble au palais – elle avait porté son foulard rouge avec les pièces dorées qui encadraient son front.

Il n'avait donc pas pu voir ses cheveux noirs qui la différenciaient tant ici des autres jeunes filles.

Elle l'avait, il est vrai, enlevé pour danser, mais les rubans de couleur et les lueurs du feu avaient dû, à leur manière aussi, les cacher.

« Il ne me reconnaîtra jamais », se dit-elle.

Pourtant, quelque chose d'irrépressible au fond de son cœur, lui faisait espérer le contraire.

Comment pourrait-elle jamais oublier ses baisers ? Et la façon dont il l'avait serrée de plus en plus fort contre lui, jusqu'à ce qu'elle ait senti son corps se fondre contre le sien ?

« Je l'aime », murmura-t-elle.

Puis comme elle entendait sa sœur remonter l'escalier, elle se dit que le rêve était fini, qu'elle devait maintenant se conduire en digne fille de la princesse Olga et du prince Paul.

Marie-Henriette posa le plateau à côté de Laetitia.

– Comment va Fräulein Sobieski, et pourquoi es-tu rentrée à la maison aussi tôt ce matin ? demanda-t-elle en s'asseyant sur le lit.

– Fräulein Sobieski va bien, elle voulait tout savoir sur toi et Kyril et, comme d'habitude, elle avait aussi quantité de choses à raconter.

Comme Marie-Henriette la regardait d'un air interrogateur, Laetitia poursuivit :

– Elle savait déjà que cousine Augustina a décidé de marier Stéphanie au roi Viktor.

Marie-Henriette se mit à rire.

– Fräulein Sobieski est comme tante Aspasia : elles savent toujours tout avant tout le monde!

Puis, baissant la voix, comme si elle avait peur d'être entendue, elle demanda :

– As-tu fait quelque chose pour aider Stéphanie? Elle est venue ici hier, après ton départ.

– Encore! s'exclama Laetitia. Je lui ai pourtant demandé de ne pas le faire. Cela peut être dangereux.

– Elle était désespérée. Cousine Augustina venait de lui expliquer ce qu'elle devait dire, mot pour mot, quand le roi lui demanderait sa main, et elle est sûre qu'il n'y a plus aucun espoir!

– C'est là où elle se trompe! dit Laetitia d'un ton ferme. N'en souffle mot à personne, Hettie, mais je suis presque certaine – absolument certaine, en fait – que le roi ne demandera pas la main de Stéphanie!

Marie-Henriette poussa un cri.

– Que s'est-il passé? Qu'as-tu donc fait?

– Je ne peux pas encore te le dire, répondit Laetitia, parce que cela pourrait nous porter malheur. Mais nous devons continuer à prier et à espérer que le roi...

Elle allait dire : « ... tiendra sa promesse », mais elle sentit que cela la placerait dans une situation embarrassante car alors il lui faudrait expliquer qu'elle avait vu le roi, et dans quelles circonstances.

– Nous devons continuer à prier et à espérer de toutes nos forces que les choses se passent bien, reprit-elle, et tout s'arrangera.

– Comme je l'espère! dit Marie-Henriette. Mais je ne crois pas que cousine Augustina laissera jamais Stéphanie épouser Kyril. Elle nous déteste trop...

– J'y ai pensé, dit Laetitia, mais il faut sauter les

obstacles un par un. Et la première chose à faire est de nous débarrasser du roi Viktor.

C'était pourtant, en ce qui la concernait, la dernière chose qu'elle souhaitait vraiment.

Elle était heureuse qu'il soit au palais, car elle allait pouvoir au moins le revoir et entendre sa voix.

Elle savait que même s'il ne la remarquait pas, les vibrations qui les avaient unis la nuit dernière seraient encore assez fortes pour que sa seule présence lui soit une joie.

« Et s'il en allait de même pour lui? » se demanda-t-elle. Puis elle se trouva bien présomptueuse.

« Ce que je ressens pour lui vient de ce que je n'ai connu que très peu d'hommes, raisonna-t-elle. Alors que lui, si j'en crois tante Aspasia et Fräulein Sobieski, est perpétuellement entouré de femmes plus belles et plus brillantes les unes que les autres. »

Cette pensée la déprimait mais elle ne pouvait s'en débarrasser.

Quand elle descendit au salon, elle trouva sa mère qui rentrait de déjeuner au palais.

La princesse Olga était ravissante, dans sa robe vieille de trois ans et son chapeau un peu usé qu'elle avait rajeuni grâce à quelques rubans neufs et quelques plumes qu'elle gardait dans une boîte pour ce genre d'occasions.

– Bonjour, ma chérie! dit-elle en voyant Laetitia.

– J'ai honte d'avoir dormi aussi longtemps, dit celle-ci en embrassant sa mère.

– C'était la meilleure chose à faire, ma chérie. La route a dû être fatigante. Comment allait Fräulein Sobieski? Etait-elle aussi malade que tu le craignais?

Laetitia se souvint seulement de ce qu'elle avait raconté à sa mère pour pouvoir partir la veille.

– Elle va mieux, maintenant. Elle voulait avoir de nos nouvelles, et surtout des nouvelles de Kyril, qui a toujours été son préféré.

La princesse se mit à rire.

– Voilà une chose qui ne fait aucun doute!

Puis elle ajouta très vite, presque dans un murmure :

– Elle ne savait pas, pour Kyril et Stéphanie?

Laetitia secoua la tête.

– Non, bien sûr que non. Mais elle a entendu parler de la façon dont cousine Augustina nous traite, et m'a dit combien les gens en étaient indignés.

La princesse serra les lèvres, puis :

– J'ai quelque chose à vous dire. J'espère que vous ne serez pas trop déçues, toutes les deux.

Comme ses filles la regardaient avec de grands yeux, pensant qu'elles avaient peut-être été exclues du bal, elle poursuivit :

– Cousine Augustina a décidé que vous ne serez ni l'une ni l'autre présentées au roi, et elle a ajouté, d'un ton presque insultant, que vous ne deviez évidemment pas attirer son attention.

Marie-Henriette poussa un cri de colère.

– Ce n'est pas juste, maman, de nous traiter ainsi! J'espère que tu as protesté.

– J'ai compris que cela ne servirait à rien, répondit la princesse Olga. Et j'ai vu dans le regard que Louis m'a lancé à ce moment-là qu'il avait déjà essayé de la faire revenir sur sa décision, mais sans succès.

– Je suppose que si nous avions un peu de fierté, dit Laetitia, nous n'irions même pas à ce bal.

Et pourtant elle savait que, quelle que fût l'attitude de la grande-duchesse, elle voulait y aller, car elle avait envie de revoir le roi, même de loin.

Elle voulait le regarder, s'assurer qu'il était aussi beau qu'il lui était apparu la veille, et que l'amour qu'elle sentait bouillonner dans tout son corps n'était pas dû seulement aux pouvoirs magiques du Voivode.

– Je suis désolée, mes chéries, dit la princesse d'une voix douce.

– Au fait, maman, dit Laetitia, vous ne nous avez pas dit ce que vous pensiez du roi.

– Je l'ai trouvé charmant! répondit la princesse. Tout à fait différent de ce que j'attendais, et vraiment très gitan, avec ses yeux et ses cheveux noirs. Tout ce que cousine Augustina déteste. Et il est d'une courtoisie parfaite à laquelle il joint un sens de l'humour incontestable.

– Qu'est-ce qui vous fait penser cela? demanda Laetitia.

– Quand cousine Augustina a essayé de lui imposer la compagnie de Stéphanie, d'une façon que j'ai trouvée pour ma part très gênante, répondit sa mère, j'ai vu briller dans ses yeux un éclat amusé, comme s'il savait exactement de quoi il en retournait.

Elle s'arrêta avant d'ajouter :
– J'étais désolée pour la pauvre Stéphanie. Elle avait l'air si nerveuse, si intimidée.

– Pourquoi, maman?

– A l'idée de rester seule avec le roi, je pense, répondit la princesse Olga. Après le déjeuner, cousine Augustina lui a dit : « Majesté, je suis certaine que vous aimerez voir les jardins du palais. Stéphanie sera ravie de vous servir de guide ».

Laetitia retint son souffle.

- Mais c'est complètement contraire au protocole! s'exclama Marie-Henriette.
- Jamais mes propres parents ne se seraient conduits d'une telle manière, répondit la princesse Olga, et cousin Louis, certainement très choqué, a vite dit d'un ton ferme : « Quelle bonne idée, Augustina! Il fait si chaud, ici! Allons tous dans le jardin. »

Marie-Henriette applaudit.
- Cela n'a pas dû plaire à cousine Augustina.

Laetitia poussa un soupir de soulagement. Mais elle savait que l'obstination et la détermination toutes prussiennes de la grande-duchesse ne seraient pas neutralisées si facilement.

« Elle va encore essayer, et plutôt deux fois qu'une », songea-t-elle au désespoir.

Dans ces conditions le roi tiendrait-il sa promesse aussi fermement pendant les cinq jours exigés par les dieux.

Puis elle se souvint. Il lui avait dit qu'il tenait toujours parole.

Elle voulait s'en persuader, être certaine qu'il ne se laisserait pas influencer à faire une chose qu'il ne souhaitait pas faire.

Mais Stéphanie était bien jolie, et s'il devait se marier, ses conseillers et ceux de la grande-duchesse, qui devaient avoir eux-mêmes suggéré ce mariage, se révéleraient peut-être plus persuasifs que l'anse cassée d'un pot de terre cuite.

C'était la seule chose tangible qui puisse lui rappeler ce qu'ils avaient tous les deux vu, entendu et surtout vécu, la nuit précédente.

Devant son silence, la princesse Olga s'inquiéta.
- Ça va, ma chérie? Tu n'es pas trop fatiguée, après cette longue chevauchée?
- Non... ça va, maman, répondit Laetitia.

— Je crois quand même qu'il faudrait vous reposer, toutes les deux, cet après-midi. Même si vous ne devez pas être présentées au roi, je veux que vous soyez ce soir au meilleur de votre forme. Et il y aura quantité d'autres jeunes gens charmants qui ne demanderont qu'à danser avec vous.

Comme sa mère l'avait suggéré, et surtout parce qu'elle voulait être seule, Laetitia retourna dans sa chambre.

Elle s'allongea sur son lit, ferma les yeux et se mit à penser au roi. Toute sa vie avait changé depuis qu'elle l'avait rencontré et qu'il l'avait embrassée.

Cela pouvait sembler ridicule; ils ne s'étaient connus que la veille et avaient passé si peu de temps ensemble!

Mais elle ne pouvait s'empêcher de se rappeler ce que son père lui avait toujours dit au sujet de sa mère : dès l'instant où il l'avait vue, il avait su qu'il n'y aurait jamais aucune autre femme dans sa vie, qu'il n'aimerait qu'elle et n'épouserait qu'elle.

— C'était comme si elle avait été baignée de lumière, lui avait-il dit pensivement. Elle était très belle, mais il y avait autre chose : une aura particulière, qui venait de son cœur, ou peut-être de son âme.

— Et maman a ressenti la même chose en vous voyant, papa? avait demandé Laetitia.

— Heureusement, très heureusement, avait répondu le prince Paul. Et nous avons eu beaucoup de chance. Nous nous sommes trouvés et, malgré une certaine opposition, nous avons pu, grâce à Dieu, nous marier. Je prie souvent pour que les choses se passent ainsi pour toi aussi.

Quand son père lui avait raconté ces choses, Laetitia s'était dit qu'elles étaient tout à fait possibles.

Maintenant, pourtant, allongée sur son lit, les volets de sa chambre fixés à l'espagnolette, elle savait que, même si le roi n'épousait pas Stéphanie, il n'y aurait pas de fin heureuse à cette histoire, en ce qui la concernait.

Même s'il la retrouvait, ce qui était tout à fait improbable, même s'ils se rencontraient un jour à nouveau et qu'il veuille l'épouser, ce qui était vraiment inconcevable, la grande-duchesse l'en empêcherait.

Etant donné les sentiments qu'elle portait à toute la famille du prince Paul, cette femme n'accepterait jamais qu'une de ses filles devienne reine de Zvotana.

Et en tant que membre de la famille royale d'Ovenstadt, Laetitia ne pouvait se marier sans l'autorisation du grand-duc.

– Cousine Augustina ne permettra jamais à son mari de me faire ce cadeau! dit-elle à voix haute. Je ferais mieux d'oublier tous ces rêves ridicules!

Mais c'était plus facile à dire qu'à faire, et le souvenir des sensations que le roi avait éveillées en elle par ses baisers la submergea de nouveau.

Elle savait que s'il avait été un gitan et non un roi, et qu'il le lui ait demandé, elle l'aurait suivi partout, dans toutes ses errances.

« Et nous aurions été très heureux », pensa-t-elle dans un soupir.

Puis, parce qu'elle savait ce bonheur totalement hors de sa portée, elle sentit les larmes lui monter aux yeux.

– Vous êtes toutes les deux ravissantes! dit la princesse Olga à ses filles quand elles furent prêtes à partir pour le bal.

La princesse, qui avait déjeuné au palais, n'avait pas été invitée au dîner qui précédait le bal.

Ce dîner devait réunir les membres de la famille royale, ou ceux de leurs amis habitant les environs.

Et bien sûr, le protégé de la grande-duchesse, son cher Premier ministre, devait être de la fête.

Laetitia n'en savait rien, mais il y avait eu une autre discussion à ce sujet entre la grande-duchesse et son époux, lequel avait essayé d'éviter la présence du Premier ministre à ce repas.

– Le roi verra tous les grands dignitaires de l'Etat demain, quand il recevra l'Ordre de la Liberté, avait-il dit fermement. Je crois que c'est une grave erreur, Augustina, de l'immiscer dans ce qui sera une réunion de famille. Et le bal que nous donnerons ensuite ne sera pas seulement offert en l'honneur du roi, mais aussi pour Stéphanie et les jeunes gens de son âge.

– Je veux que le Premier ministre soit là, avait répondu la grande-duchesse. C'est grâce à lui, après tout, que le roi est ici, et je trouve qu'il ne serait pas juste de le tenir à l'écart des festivités que nous avons organisées avec lui.

La grande-duchesse l'emportait comme d'habitude, et malgré l'attitude assez rustique de son Premier ministre, elle lui sourit avec approbation pendant tout le dîner.

En revanche, chaque fois qu'elle regardait le roi, assis à sa droite, elle semblait critiquer son comportement.

Au lieu de parler à Stéphanie, qu'elle avait délibérément placée juste en face de lui, il discutait avec le prince héritier de Teck qui, arrivé dans la soirée, devait passer la nuit au palais.

Le prince de Teck était un jeune homme assez

agréable, et la grande-duchesse avait même pensé à une certaine époque qu'il pourrait faire un mari acceptable pour Stéphanie.

Mais au moment même où elle se préparait à envoyer une délégation dans son pays, elle avait appris ses fiançailles avec une princesse hongroise.

Elle se disait maintenant qu'il valait encore beaucoup mieux, pour Stéphanie, devenir reine de Zvotana, malgré les troubles qui agitaient le pays du roi Viktor.

« Il devrait se montrer beaucoup plus ferme », se répétait la grande-duchesse.

Dès qu'il serait fiancé à Stéphanie, elle lui expliquerait comment venir à bout de ces anarchistes qui agitaient sa capitale. Ils causaient beaucoup trop de problèmes aux têtes couronnées d'Europe.

Plusieurs de ses parents avaient été victimes d'attentats, dans les pays nordiques, et le roi Frederick, dont le pays s'étendait au sud de l'Ovenstadt, avait été grièvement blessé par une bombe qui avait explosé pendant son discours de fin d'année dans sa propre capitale.

« Une main ferme, voilà ce dont ces gens-là ont besoin, pensait la grande-duchesse, et une exécution sommaire pour tout fauteur de troubles qui se fera prendre. »

Se tournant une fois de plus vers le roi, elle vit qu'il parlait de chasse aux perdrix avec le prince héritier et que Stéphanie ne faisait aucun effort pour se joindre à la conversation. Appuyée contre son dossier, la jeune princesse regardait dans le vide.

« Il faudra que je lui fasse la leçon demain matin », songea la grande-duchesse en se tournant avec un sourire forcé vers la tête couronnée assise à sa gauche.

Quand ils pénétrèrent dans la salle de bal où un certain nombre d'invités se trouvaient déjà, la grande-duchesse fit clairement comprendre au roi qu'il devait ouvrir le bal avec Stéphanie.

– J'en serai absolument ravi, répondit le roi, mais je suis sûr qu'il y a un certain nombre de gens dans cette salle que l'on devrait d'abord me présenter.

Il venait en quelque sorte de lui rappeler son devoir, ce qui ne fit pas plaisir à la grande-duchesse.

– Etant donné qu'ils ont eu la gentillesse de venir ici pour me rencontrer, je ne voudrais pas les décevoir, continua le roi.

La grande-duchesse dut donc s'exécuter et elle commença à lui présenter certains des invités qui se trouvaient là, espérant qu'il ne trouverait aucune des jeunes filles trop à son goût.

Elle s'était assurée d'un coup d'œil rapide que Laetitia et Marie-Henriette n'étaient pas à proximité de la porte qu'elle venait de franchir avec le roi.

Malgré ses instructions, ces jeunes impudentes étaient capables de n'importe quoi pour se faire remarquer.

Enfin elle les aperçut, qui se tenaient à l'écart, dans une attitude d'une modestie irréprochable, et pourtant bien trop jolies, ce qui ne manqua pas de l'agacer.

Le roi gagnait le milieu de la salle, apparemment sans la moindre intention d'ouvrir le bal, et il adressait quelques mots à tous les hommes qui portaient un certain nombre de décorations. C'est alors qu'il vit la princesse Olga qui parlait avec animation au général commandant le régiment de Kyril.

Il lui faisait justement de grands compliments sur son fils, et elle répliquait :

– Ce que vous me dites me rend bien heureuse, général! Venez que je vous présente ma fille.

Et, s'approchant de Laetitia :

– Ma chérie, voici le général Leininzen, qui vient de me dire des choses très gentilles sur Kyril.

Laetitia s'inclina, et le général lui serra la main :

– J'aurais parié que vous étiez aussi belle que votre mère!

Laetitia lui sourit.

– C'est ce que nous essayons d'être, ma sœur et moi, général, répondit Laetitia avec un sourire, mais c'est une tâche bien difficile.

Le général se mit à rire.

C'est alors que la princesse Olga entendit une voix derrière elle :

– Je pensais que vous dîneriez avec nous, madame, et j'ai été déçu de ne pouvoir continuer la conversation que nous avions entamée tout à l'heure.

– Majesté, dit la princesse Olga en s'inclinant avec grâce.

Comme le roi regardait le général, elle ajouta :

– Puis-je, Majesté, vous présenter le général Leininzen, qui commande le régiment de mon fils, dans lequel servait aussi mon mari.

– Ravi de vous connaître, général, dit le roi en tendant la main.

– Je suis très honoré, Majesté, répondit le général.

Dès qu'elle avait entendu le roi s'adresser à sa mère, Laetitia, affolée, s'était apprêtée à fuir.

Et cependant, parce qu'il se tenait là, tout près

d'elle, cela lui fut tout à fait impossible. Comme si elle était clouée au plancher.

Dans un suprême effort de volonté, elle parvint à se dominer, mais c'était trop tard.

– Puis-je aussi, Majesté, vous présenter ma fille Laetitia? disait sa mère.

La jeune fille se mit à trembler des pieds à la tête. Elle n'osait pas lever les yeux, et ses longs cils formaient une ombre épaisse sur ses joues.

Elle réussit malgré tout à esquisser une révérence.

C'est alors que le roi lui prit la main. Tout comme la veille, des vibrations émanaient de lui et de nouveau, elle se sentit captive... il la prenait dans ses bras, ses lèvres retenaient sa bouche.

Viktor était devant elle et son regard dominateur l'obligea à relever les yeux.

Il était aussi beau, aussi irrésistible que lors de leur première rencontre. Un instant, elle le dévisagea.

L'avait-il reconnue ou non? Elle ne pouvait le dire. En tout cas il lâcha sa main et se tourna vers sa mère.

– M'accorderez-vous cette danse, Altesse? demanda-t-il.

Stupéfaite, la princesse demeura interdite. Puis, jetant un coup d'œil au fond du salon, elle vit la grande-duchesse en conversation avec une dame âgée et de haut rang, ce qui expliquait qu'elle n'ait pas suivi le roi.

– Je crois que ce serait une erreur, Majesté, car vous n'avez pas encore ouvert le bal.

– Dans ce cas, comme je suis sûr que tout le monde meurt d'envie de danser, je vais l'ouvrir maintenant, avec votre fille!

Sur ces mots, il se tourna vers Laetitia, la prit par

la taille et l'entraîna vers la piste de danse. Elle aurait dû protester, bien sûr, mais elle aurait été bien incapable de proférer un seul son.

L'orchestre, qui avait joué en sourdine tant que le roi s'entretenait, fit résonner les premiers accords d'une valse viennoise. Il était trop tard désormais pour faire autre chose que danser avec lui, comme il le désirait.

Tout d'abord plus rien n'eut d'importance que le fait d'être contre lui, d'avoir cette main dans la sienne, ce bras autour de sa taille.

Parmi les visages qui défilaient devant elle, elle vit celui de la grande-duchesse, ivre de rage, qui n'avait pas prévu ce qui se passait, et celui du grand-duc, un éclair amusé dans les yeux. Stéphanie, enfin, qui regardait de l'autre côté de la salle, là où se trouvait Kyril, avec une expression de profond soulagement. Si elle ne pouvait rejoindre celui qu'elle aimait, ce qu'elle aurait tant voulu faire, au moins semblait-elle heureuse que le roi danse avec quelqu'un d'autre. En ce qui les concernait, Kyril et elle, c'était là un bon présage. Les choses ne se passaient pas du tout selon les plans de la grande-duchesse.

Lorsque le roi et Laetitia eurent fait tout le tour de la piste, les autres danseurs se joignirent à eux.

Tandis qu'ils tournoyaient sous les lustres de cristal, le roi se mit à parler, sur le ton de la plus banale conversation.

– Je suis enchanté de faire votre connaissance, princesse. J'ai tellement entendu parler de votre père. Un homme très populaire en Ovenstadt.

Ce n'était pas les paroles que Laetitia attendait et espérait, mais au moins était-elle maintenant certaine qu'il ne l'avait pas reconnue.

— Je suis très honorée, Sire, que vous ayez entendu parler de papa, répondit-elle. Il nous manque beaucoup, et notre vie n'a plus jamais été la même depuis... sa mort.

— C'est ce qu'on m'a dit, lui dit-il.

— On vous en a parlé? demanda-t-elle. Je ne pensais pas qu'on connaissait, en Zvotana, nos... problèmes.

— Quand je me rends en visite officielle dans un pays, répondit le roi, je me fais un devoir d'apprendre tout ce qui le concerne. Je savais, par exemple, avant d'arriver, que la princesse Laetitia était d'une grande beauté!

Il avait légèrement accentué son nom, ce qui ne manqua pas de troubler Laetitia, au point qu'elle perdit la mesure.

— Excusez-moi, dit-elle à voix basse.

— Vous êtes tout excusée, répondit le roi. Mais je voudrais en savoir plus sur vous. Que faites-vous quand vous ne dansez pas aux bals du palais en écoutant d'une oreille distraite les compliments de vos cavaliers?

Laetitia se mit à rire. Sûre maintenant que le roi ne l'avait pas reconnue, elle répondit :

— Vous serez peut-être surpris, Sire, mais ce bal est le premier auquel j'assiste, et les compliments de Sa Majesté sont les premiers que j'aie jamais reçus!

— Vous ne voulez quand même pas que je vous croie?

— C'est pourtant la vérité, et, cela aussi vous paraîtra peut-être étrange, mais je dis toujours la vérité... quand c'est possible.

Elle avait parlé sans réfléchir. Oubliait-elle qu'elle n'avait pas été tout à fait honnête, la veille, quand elle lui avait fait croire qu'elle était danseuse et qu'elle vivait avec les Kalderash?

Elle sentit une légère rougeur lui monter aux joues et espéra que le roi n'en remarquait rien. Ou alors peut-être l'attribuerait-il à l'excitation de la danse.

Ils continuèrent à tournoyer en silence puis l'orchestre s'arrêta.

— Je dois maintenant m'acquitter de mes devoirs d'invité, dit le roi Viktor. Mais je veux encore danser avec vous, ce soir. Ne quittez pas le bal avant, j'y tiens absolument.

Il avait parlé sur un ton si autoritaire que Laetitia en frémit. Mais déjà leurs yeux s'étaient rencontrés et la salle de bal avait disparu, laissant place aux étoiles qui brillaient au-dessus du campement gitan, la veille. Et de nouveau elle entendit la voix du Voivode qui les déclarait unis l'un à l'autre.

Cependant la voix de la grande-duchesse claqua derrière elle comme un coup de fouet :

— J'espère que cette première danse a plu à Votre Majesté, et maintenant, Sire, voici votre petite hôtesse qui attend avec impatience d'être invitée à son tour!

En dépit de cette remarque acerbe, le roi sourit.

— Ce sera un plaisir de danser avec vous, princesse Stéphanie, dit-il. Je crois que nous aurions dû ouvrir le bal ensemble. Veuillez me pardonner de n'avoir pas suivi votre coutume.

— Notre coutume! Oh non, Sire! s'exclama Stéphanie avant que sa mère n'ait eu le temps de l'en empêcher. Ce n'est pas une coutume d'Ovenstadt, mais du pays de maman, de Prusse.

— Alors, je pense que ce faux pas ne sera pas retenu contre moi, dit le roi d'un ton désinvolte.

La musique reprit et ils commencèrent à danser.

Laetitia avait été remarquée par le roi, et elle et Marie-Henriette étaient sans doute les deux plus jolies jeunes filles de la soirée; c'est pourquoi elle se retrouva assiégée par les cavaliers.

Certains, tout jeunes, avaient fière allure, d'autres étaient plus âgés, mais ne manquaient pas de classe; pourtant, dès le premier coup d'œil, elle savait qu'aucun ne pouvait rivaliser avec le roi.

Sans parler de la prestance de son uniforme et de l'éclat de ses décorations, il paraissait plus beau, plus distingué que les autres.

Regrettait-il la décoration qu'il avait donnée au Voivode la nuit précédente? Avait-il décidé d'en faire faire une, une fois rentré en Zvotana?

Elle ne savait toujours pas pourquoi il avait donné au Voivode une chose aussi précieuse, au lieu des pièces d'or que l'on voyait habituellement lors des cérémonies gitanes.

C'était là un geste généreux et magnanime qui convenait bien à un roi. Certainement le Voivode n'envisagerait pas de vendre cet objet, mais le garderait parmi ses autres trésors pour les transmettre aux futures générations de Kalderash.

Au milieu de la soirée, il y eut un souper, pour lequel la grande-duchesse veilla à ce que le roi reste près de Stéphanie.

Après minuit, le grand-duc permit aux invités les plus âgés de se retirer, et la salle de bal se vida petit à petit. Le roi avait-il oublié leur seconde danse? se demandait Laetitia.

Soudain, après le traditionnel quadrille, alors qu'elle se trouvait devant l'une des fenêtres à parler avec son cavalier, il surgit à leurs côtés.

– La prochaine danse est pour moi, princesse Laetitia! lui dit-il.

Elle n'eut pas un instant d'hésitation. Elle avait bien promis cette danse à un autre, mais elle ne pouvait opposer un refus au roi.

Et surtout elle n'avait aucune envie de le faire. Tout ce qu'elle souhaitait, au contraire, était de se retrouver contre lui, car pas une seule seconde pendant cette soirée, elle n'avait pu oublier sa présence. Pourtant, elle savait bien qu'elle courait un danger. Il n'y avait pas grand risque qu'il la reconnaisse, avec ses cheveux noirs et ses boucles encadrant son visage et les trois roses blanches fixées sur sa nuque. Mais il y avait toujours la possibilité qu'il reconnaisse sa voix, ses yeux, ou peut-être – et cette pensée la fit frissonner – sa bouche.

– Merci, princesse, de cette merveilleuse danse, dit le cavalier de Laetitia en s'effaçant.

Le roi, prenant la main de Laetitia, se dirigea vers la porte-fenêtre qui menait au jardin.

Ils traversèrent la terrasse, descendirent deux marches de marbre et se trouvèrent sur l'herbe épaisse et douce.

Sans un mot, le roi la conduisit au-delà de la partie du jardin éclairée par les lumières jusqu'à une petite fontaine.

Tout comme la veille, les étoiles et la lune étaient au rendez-vous, inondant le parc de leur lumière argentée.

A côté de la fontaine se trouvait un banc. Le roi, qui tenait toujours la main de Laetitia, s'y assit et la fit asseoir à ses côtés.

Toujours sans un mot, il lui enleva ses mitaines de dentelle blanche.

Elle était bien incapable de protester, de dire

quoi que ce soit, tant la présence du roi éveillait en elle d'émotions multiples.

Et de nouveau le feu qui l'avait embrasée la nuit précédente quand il l'avait prise dans ses bras, se mit à brûler en elle.

Le roi retourna ses mains, qui étaient nues maintenant et à la lumière de la lune il regarda la petite marque que le Voivode lui avait faite au poignet avec la pointe de son couteau.

– Comment avez-vous pu disparaître ainsi? Comment avez-vous pu me quitter, sachant que vous m'apparteniez, que vous étiez ma femme?

– Je... je pensais que vous ne m'aviez pas reconnue, balbutia Laetitia.

Le roi sourit.

– Dès l'instant où je suis entré dans cette salle de bal, j'ai su que vous y étiez!

– C... comment pouviez-vous le savoir?

– Avez-vous oublié que j'ai, comme vous, du sang gitan dans les veines? demanda le roi. Et même si nous n'avions pas été liés tous les deux par les pouvoirs magiques du Voivode, avec mon intuition et la perception particulièrement aiguë que j'ai des choses, j'aurais senti votre présence.

– Vous n'avez pas pensé, hier soir, que j'étais partie avec les Kalderash?

Le roi sourit de nouveau.

– J'étais bien sûr du contraire. En fait, après votre départ soudain, j'ai tout d'abord dû me convaincre de ce que vous n'étiez pas une illusion, comme l'oiseau dans le nid ou ces colombes qui venaient de nulle part!

Il eut un rire bref, puis continua :

– Je me suis dit qu'il devait y avoir, en toute logique, une bonne raison non seulement pour que vous ayez disparu, mais aussi pour que vous m'ayez fait prononcer ce serment de fidélité.

Comme il n'en disait pas plus, Laetitia leva vers lui des yeux incrédules.

– Vous... vous avez vraiment pensé cela?

– Je ne suis pas complètement stupide, répondit le roi. On m'a tellement poussé, tellement incité à venir en Ovenstadt pour y demander la main de la fille du grand-duc, que si on essayait de m'en empêcher, il n'y avait qu'une explication possible.

– La... laquelle?

– La princesse Stéphanie ne devait pas avoir envie de devenir ma femme!

Laetitia retint un cri.

– En même temps, continua le roi, seul quelqu'un faisant partie de son entourage proche pouvait être au courant de ses sentiments, et j'avais entendu dire, en Zvotana, que la fille aînée du prince Paul n'était pas seulement délicieusement belle, mais qu'elle ressemblait à mon arrière-grand-mère – qui s'appelait Saviya!

Laetitia serra ses mains l'une contre l'autre.

– Ainsi vous saviez... qui j'étais!

– Pas tout de suite, reconnut le roi. J'ai tout d'abord simplement pensé que les dieux, dans leur bonté, avaient voulu m'éviter une triste et ennuyeuse soirée au château de Thor.

Il avait dit cela sur un ton qui fit rougir Laetitia.

– Vous... vous avez été choqué?

– Non, intrigué, répondit le roi. Mais ensuite, avec le vin, les magiciens et le sentiment que nous avons tout de suite éveillé l'un chez l'autre, je crois que nous sommes tous les deux devenus un peu fous, et alors, c'est moi qui ai dû vous choquer!

Lorsque vous êtes partie, vous avez donc fait la seule chose raisonnable.

Parce que cela lui avait été si difficile, si douloureux, la main de Laetitia se contracta dans celle du roi.

Comme s'il comprenait, le roi se pencha et déposa un baiser sur la minuscule cicatrice de son poignet.

– Et maintenant, Laetitia-Saviya, lui dit-il, qu'allons-nous faire tous les deux?

– Que... que voulez-vous dire? demanda Laetitia, effrayée.

– Le Voivode nous a fait don de la magie de l'amour et nous a unis comme mari et femme, dit le roi d'une voix basse.

– Pour cinq jours!

– Ou, si nous le voulons, cinq ans, cinquante-cinq ans, ou peut-être cinq siècles.

Laetitia se mit à trembler.

– De... que quoi parlez-vous?

– Je dis que vous êtes mienne, répondit le roi, ma femme! Nous devons sans doute nous marier selon la coutume de notre pays, mais nous le sommes déjà selon la loi des gitans, en laquelle nous croyons tous les deux.

– Non! s'écria Laetitia. Ce ne sera jamais possible!

– Pourquoi?

– Parce que... on ne m'autorisera jamais à vous épouser, même si vous le vouliez.

– Si je le voulais? répéta le roi. Vous savez que je le veux, sans avoir besoin de me le faire dire, Laetitia. Nous nous appartenons l'un à l'autre.

– C'est impossible... vous ne pouvez pas en être sûr! dit Laetitia, désespérée.

Comme elle détournait de lui son visage, le roi lui prit le menton et la força à le regarder.

Elle tenta bien de lui résister, mais leurs yeux se rencontrèrent de nouveau, et elle sentit une étrange lumière les envelopper.

Son cœur bondit dans sa poitrine et de nouveau le feu les consuma tous les deux.

Ils se regardèrent longuement puis il demanda :
– Et maintenant, dites-moi la vérité. Que ressentez-vous pour moi?

– Je... je vous aime, murmura Laetitia. Je vous aime désespérément, mais... on ne me laissera jamais vous épouser.

– Comment pouvez-vous en être si certaine?

Submergée par une vague de sensations, frissonnant de tout son corps, Laetitia ne parvenait pas à articuler le moindre mot.

Une chose lui importait, être contre lui, sentir ses bras autour d'elle, ses lèvres sur les siennes, et ne plus avoir besoin de penser à autre chose qu'à lui. Attentive seulement aux douloureux battements de son cœur, elle fut tirée de son rêve par quelqu'un qui dans le jardin éclatait de rire.

– Vous... vous ne comprendriez pas, murmura-t-elle tristement. Mais la grande-duchesse déteste tellement toute notre famille, y compris ma mère, qu'elle ne laissera jamais le grand-duc m'autoriser à vous... épouser.

– Comment pouvez-vous en être si certaine? demanda encore une fois le roi.

– Et pourquoi croyez-vous que nous n'ayons pas été invitées au déjeuner ni au dîner donnés en votre honneur? Elle nous avait d'ailleurs bien précisé que nous ne vous serions pas présentées, pendant le bal.

Le roi eut un froncement de sourcils.

— Cela semble incroyable! s'exclama-t-il. Alors que votre père était un homme tellement aimé, et le propre cousin du grand-duc.

— Je sais, dit Laetitia, mais la grande-duchesse est prussienne et... c'est... elle qui... décide de tout.

— Mais pas de mon avenir, dit le roi.

— Elle ne pourra peut-être pas vous obliger à demander la main de Stéphanie, dit Laetitia, mais sous aucun prétexte elle ne me permettra de vous épouser.

— Il nous faudra donc trouver un moyen de nous passer de son autorisation, dit le roi, car j'ai donné ma parole de gitan de vous rester fidèle et il faut de toute façon que je me marie!

— Pourquoi? demanda Laetitia. Pour... les jeux romains?

Le roi eut un petit rire.

— C'est une expression tout à fait adéquate, en l'occurrence. Mais maintenant que je vous ai rencontrée, je ne veux pas seulement me marier, mais je veux aussi que mes enfants soient en partie gitans, comme vous et moi.

Il sourit puis ajouta doucement :

— J'espère qu'ils trouveront comme nous cette magie de l'amour, plus importante que toute autre chose dans la vie.

— Vous... le croyez vraiment?

— Pensez-vous que je mente? C'est cela que vous dit votre instinct?

— Non, c'est vrai.

— Alors, écoutez-moi, dit le roi. Ce ne sera peut-être pas possible pendant mon séjour ici, car je dois déjà repartir demain, après avoir reçu l'Ordre de la Liberté. Mais je trouverai bien le moyen de faire de vous ma femme aux yeux de tous, comme vous l'êtes déjà devant les gitans.

Sa voix se fit plus profonde.

— Cela prendra peut-être quelque temps, mais vous devez me faire confiance.

— Si cela se faisait, dit Laetitia, ce serait la chose la plus merveilleuse... la plus parfaite... qui puisse jamais arriver... mais j'ai peur que ce ne soit qu'un rêve.

— Alors rêvons que nous serons à nouveau réunis, comme nous l'avons été hier soir! La nuit dernière était comme un rêve, mais j'ai su, quand que je vous ai revue ce soir, que mon rêve s'était fait réalité!

L'émotion qui perçait dans sa voix sonna aux oreilles de Laetitia comme le chant d'amour que les gitans avaient joué quand ils avaient quitté le plateau pour remonter ensemble au château.

Le roi se pencha et embrassa encore une fois la petite cicatrice.

— Cette marque montre que vous m'appartenez, lui dit-il. Mais il n'y aura plus besoin de marque, à l'avenir, Laetitia, car nos cœurs ne font qu'un. Quand je vous ai embrassée, vous ne m'avez pas donné seulement vos lèvres et votre cœur, mais aussi votre âme.

— C'est ce que j'ai compris, murmura Laetitia. Et j'ai su, la nuit dernière, et aujourd'hui en y repensant, que je ne pourrai jamais... aimer ni... épouser... un autre homme que vous.

— Vous êtes mienne! dit le roi d'un ton âpre. Et je tuerai quiconque s'approcherait de vous!

Il avait parlé avec une telle violence que, impulsivement, Laetitia se rapprocha de lui et lui tendit ses lèvres.

Mais ils n'étaient pas seuls dans le jardin, et le roi, retrouvant une parfaite maîtrise de lui-même, se leva et aida Laetitia à faire de même.

— Je dois vous ramener dans la salle de bal, lui

dit-il. Une absence plus longue pourrait sembler suspecte.

– La grande-duchesse va être furieuse! murmura Laetitia.

– N'ayez pas peur, dit le roi. Je sais, toujours avec mon instinct de gitan, que rien ni personne au monde ne peut nous empêcher d'être ce que les dieux nous ont ordonné d'être, une seule personne et non pas deux.

Il eut un grand rire.

– Si vous ne me faites pas confiance, ma ravissante, faites au moins confiance aux dieux. Je vous assure qu'ils sont beaucoup plus puissants qu'une Prussienne assoiffée de pouvoir!

Ces dernières paroles formaient un tel contraste avec ce qu'il lui avait dit auparavant, qu'elle éclata de rire.

Et quand ils regagnèrent les fenêtres éclairées de la salle de bal, elle sut qu'au fond de son cœur une flamme d'espoir brûlerait désormais irrésistiblement.

7

Une fois qu'ils se furent quittés, Laetitia songea que le roi avait pris toutes les étoiles du ciel pour les mettre dans sa main.

Après avoir pris congé de la grande-duchesse et vu dans ses yeux briller une flamme meurtrière, elle savait qu'il lui faudrait payer pour ce bonheur après le départ du roi. Mais cela lui paraissait si loin qu'elle ne s'en inquiétait pas.

Elles n'avaient que le jardin à traverser pour rejoindre leur maison, mais le protocole aurait voulu, comme le disait leur mère, qu'elles arrivassent au moins en voiture pour une telle occasion.

– Comme nous n'avons pas de voiture, avait dit en riant Marie-Henriette, cela nous serait difficile !

Il y eut un petit silence pendant lequel elles avaient pensé toutes les trois la même chose. Si la grande-duchesse s'était acquittée de ses devoirs, elle aurait envoyé une voiture du palais pour les chercher.

Mais quand elles sortirent devant les domestiques, qui s'inclinaient respectueusement sur leur passage, Laetitia était trop heureuse pour remarquer qu'elles étaient les seules invitées à repartir à pied.

Marie-Henriette avait glissé sa main dans celle de la princesse Olga en disant :

– Et maintenant, Cendrillon, et cela s'adresse à nous trois, rentrons aux cuisines nous asseoir parmi les cendres.

La princesse Olga avait ri, mais elle s'était un peu forcée car elle était préoccupée.

Ce n'est qu'une fois arrivée chez elle qu'elle dit à Laetitia :

– Je comprends, ma chérie, que tu aies trouvé le roi Viktor séduisant, mais j'ai peur que nous n'ayons maintenant tous à souffrir de représailles après ce long moment que tu as passé dans le jardin avec lui.

Laetitia fit un effort pour sortir de sa rêverie et prêter attention à sa mère.

– Que voulez-vous dire, maman?

– Cousine Augustina était tellement en colère qu'elle m'a déjà dit : « Votre fille se conduit très mal, Olga. Soyez sûre que je ferai tout pour que ce genre de choses ne se reproduise plus jamais. »

Il y eut un silence, puis Marie-Henriette demanda :

– Vous croyez qu'elle projette de nous chasser d'ici ou de nous envoyer en exil?

– Je ne crois pas qu'elle ira aussi loin, répondit la princesse Olga, mais elle pourrait tout à fait nous obliger à quitter cette maison. Je sais que je ne devrais pas vous alarmer, mais j'ai bien peur qu'elle se venge de cette manière.

Cela ressemblait si peu à sa mère de parler ainsi que Laetitia se jeta à son cou.

– Oh, maman, lui dit-elle, je suis désolée. Je sais que j'ai été imprudente, mais il est bien difficile de résister au roi!

– Je sais, ma chérie, répondit sa mère. Mais je

sais aussi qu'il va rentrer en Zvotana et nous oublier, tandis que nous resterons ici, avec cousine Augustina.

Laetitia faillit révéler à sa mère la promesse que lui avait faite le roi. Mais cela impliquait trop de choses pour elle et, si elle ne voulait pas raconter à sa mère sa soirée de la veille, elle devait garder le secret sur tout ce qui lui était arrivé.

C'est pourquoi elle se contenta de dire :
– Je ne crois pas, maman, que les choses tourneront aussi mal que vous le pensez. J'ai eu ces derniers temps l'impression très nette que papa veillait plus spécialement sur nous, et si quelqu'un peut tenir tête à cousine Augustina, c'est bien lui!

C'était tout à fait ce qu'il fallait dire, elle en était persuadée.

– Tu as raison, ma chérie, répondit sa mère. Bien sûr, votre père veille sur nous, et je devrais avoir plus confiance!

– Je hais cousine Augustina! dit Marie-Henriette avec violence. Elle nous fait mener une vie de misère et gâche toujours tout. J'ai bien vu son air désapprobateur quand le prince Ivor de Saxony m'a invitée à danser pour la troisième fois.

La princesse se tourna vers elle.
– Je suis heureuse que vous ayez sympathisé, Ivor et toi, lui dit-elle. Je voyais beaucoup ses parents, quand ton père était encore là. C'étaient des gens charmants.

– Je crois qu'il... va venir me voir la semaine prochaine, dit Marie-Henriette en rougissant.

Puis, comme si elle ne voulait pas en dire plus, elle embrassa sa mère et Laetitia et sortit de la pièce en courant.

– Je vous en prie, maman, supplia Laetitia, ne vous en faites pas trop. J'ai beaucoup d'intuition –

c'est mon sang gitan, bien sûr –, et je sens que le bonheur nous attend tous... au coin de la rue.

Sa mère se mit à rire.

– Tu me réconfortes, ma chérie. Ce soir je ne vais plus penser qu'à tout ce qui s'est passé de merveilleux et je vais oublier cousine Augustina.

Elles montèrent l'escalier ensemble, mais quand Laetitia se retrouva seule dans sa chambre, elle se demanda si par un optimisme exagéré elle n'avait pas fait naître de faux espoirs dans le cœur de sa mère comme dans le sien.

Puis, tout ce que le roi lui avait dit, les frissons qui avaient parcouru son corps quand il avait embrassé la cicatrice de son poignet, tout lui revint en mémoire, et ce fut de nouveau comme si leur amour emplissait l'univers.

Elle aurait pu se réveiller pleine d'appréhension. Au contraire elle ouvrit les yeux avec une sensation de bonheur, et resta allongée à regarder les rayons dorés du soleil filtrer entre les rideaux tirés.

Regardant son poignet, elle sentit de nouveau la pression tiède et insistante des lèvres du roi sur sa cicatrice. Tout d'un coup la porte s'ouvrit à toute volée.

– Lève-toi, Laetitia, cria Marie-Henriette. Dépêche-toi, c'est formidable!

– Que se passe-t-il? demanda Laetitia en s'asseyant dans son lit.

– Comme le roi n'a pas demandé la main de Stéphanie, celle-ci doit se rendre à l'hôtel de ville dans une autre voiture, et c'est maman qui l'accompagnera. Maman et nous!

Laetitia sentit son cœur bondir de joie.

Le roi n'avait pas demandé la main de Stéphanie! Et même s'il partait ce jour-là, elle le verrait encore une fois.

D'autre part, depuis la mort de leur père, elles avaient été exclues de tous les défilés et réceptions officiels. Après tant d'éloignement et d'humiliations, sa mère allait être heureuse d'entendre les acclamations de la foule qui ne l'avait pas vue depuis deux ans.

– Vite! disait Marie-Henriette qui repartit en courant dans sa chambre.

Laetitia se leva et commença à se préparer. Quelle toilette allait-elle bien pouvoir mettre?

Le choix n'était pas grand; mais elle allait voir le roi et il ne s'agissait pas de se tromper, c'était important.

Finalement elle sortit de sa penderie une robe blanche que sa mère lui avait offerte plusieurs années auparavant et qui avait été très élégante à l'époque, et le restait grâce à quelques retouches. Un volant de dentelle au bas de la jupe et une écharpe de mousseline rose en guise de ceinture la rendaient plus que présentable.

Comme il fallait faire vite, elle choisit quelques roses qu'elle plaça sur son chapeau à ruban blanc, pour rappeler sa ceinture puis descendit dans le salon.

Gertrude l'attendait avec une tasse de café et un croissant chaud.

– Vous n'allez pas partir sans rien prendre, Altesse! dit-elle d'un ton ferme.

– J'ai tellement mangé, hier soir, répondit Laetitia. Je ne veux que du café.

La princesse Olga arriva à son tour. Elle portait une robe mauve de demi-deuil achetée un an après la mort de son mari et qu'elle n'avait jamais pu se permettre de remplacer.

Mais elle était si heureuse à la pensée de faire

partie du cortège royal qu'elle en était ravissante, et Laetitia ne put s'empêcher de le lui dire :

– Pour une fois, maman, vous occupez la place qui vous revient à la cour. Je suis certaine que c'est grâce à cousin Louis.

– Moi aussi, ma chérie, répondit sa mère avec un soupir.

– Ce cher Louis m'a dit hier soir combien il était heureux de nous voir tous les quatre au palais.

– Il devrait se montrer plus ferme avec cousine Augustina, cela arriverait plus souvent! s'exclama Marie-Henriette.

Comme elle n'avait pas envie d'entendre sa sœur se lancer dans une de ses tirades contre la grande-duchesse, Laetitia l'interrompit :

– Venez, partons pour le palais. Si nous sommes en avance, nous attendrons dans un des petits salons.

Mais ce qu'elle espérait au fond d'elle-même, c'était d'y rencontrer le roi.

Même s'ils ne faisaient que se saluer de loin, elle sentirait les vibrations qui les reliaient l'un à l'autre et sa présence ferait revivre en elle les merveilleuses émotions de la veille.

– Vous avez vos gants? demanda la princesse Olga.

Puis, voyant que ses deux filles tenaient à la main leurs gants de chevreau, elle ajouta :

– Vous les mettrez en route.

Gertrude se tenait devant la porte pour les voir partir.

– Je suis drôlement fière de vous, y a pas à dire!

– J'aurais tant aimé que tu viennes avec nous, dit Marie-Henriette.

– Ne vous inquiétez pas, répondit Gertrude, je

serai dans la foule qui vous regardera, ça, personne pourra m'en empêcher!

Elles passèrent de la cour au jardin du palais et, délaissant les allées, coupèrent à travers la pelouse égayée de massifs de fleurs multicolores.

A mi-chemin, elles s'immobilisèrent toutes trois. Une voiture découverte s'éloignait, escortée de cavaliers.

C'était la grande-duchesse et le prince Otto se rendant à l'hôtel de ville pour y recevoir le roi.

Ni la princesse Olga ni ses filles ne dirent mot, mais elles pensaient la même chose : en prenant ainsi sa place, la grande-duchesse et son fils insultaient ouvertement le grand-duc Louis.

Ce n'est que quand les derniers chevaux de l'escorte furent hors de vue que les trois princesses se remirent en marche vers le palais.

Devant les marches du perron, les sentinelles leur présentèrent les armes, et le chef du protocole s'avança vers elles.

— Bonjour, Altesse, dit-il en s'inclinant devant la princesse Olga. J'ai ordre de vous conduire au salon où Sa Majesté et Son Altesse Royale vous attendent.

Laetitia sentit son cœur battre la chamade. Elle allait voir le roi, elle allait lui parler!

Le chef du protocole les escorta jusqu'au salon et deux laquais en grande tenue leur ouvrirent les portes.

Le grand-duc et le roi s'y trouvaient seuls. Sans doute les aides de camp et le reste du cortège devaient-ils attendre dans la pièce voisine.

Le grand-duc tendit la main à la princesse Olga.

— Bonjour, chère Olga! Je suis sûr que vous apprécierez un verre de champagne avant d'affronter la foule et cette cérémonie avec tous ces discours plus longs et plus ennuyeux les uns que les autres.

La princesse s'inclina légèrement et se mit à rire.

– Vous ne devriez pas devant Sa Majesté faire un tableau si noir de ce qui nous attend ce matin, Louis.

Elle s'inclina devant le roi qui lui baisa la main et Laetitia, qui avait salué le grand-duc, se trouva à son tour devant lui.

Il avait un regard si plein d'amour que les mots devenaient totalement inutiles.

Un instant, elle oublia de s'incliner puis, quand elle le fit et qu'il lui prit la main, elle eut l'impression, tant leur amour était fort, que sa mère et le grand-duc devaient forcément en prendre conscience.

A ce moment, heureusement, Stéphanie arriva presque en courant.

– Excusez-moi d'être en retard, papa, dit-elle, mais la robe que maman m'avait dit de mettre était affreuse, et j'ai profité de ce qu'elle partait devant pour me changer.

Et elle s'approcha de son père pour l'embrasser.

– Tu vas encore avoir des ennuis avec ta mère, quand elle s'apercevra de ce que tu as fait! lui dit-il d'un ton plein d'affection.

– J'ai toujours des ennuis avec elle! répondit Stéphanie.

Puis, s'inclinant devant le roi, elle ajouta :

– J'ai eu droit à de terribles remontrances, ce matin, parce que vous n'avez pas ouvert le bal avec moi hier soir, Majesté, et je trouve parfaitement injuste d'être la seule à être grondée!

Le roi se mit à rire.

– Vous êtes si jolie! Je suis sûr que vous serez vite pardonnée.

– Voilà qui serait étonnant! répondit Stéphanie.

Puis, sans attendre de réponse, elle alla embrasser la princesse Olga et ses cousines.

Tous savaient qu'elle était de si bonne humeur parce que le roi ne l'avait pas demandée en mariage.

En apprenant qu'elle se rendrait à l'hôtel de ville dans un autre carrosse que celui du roi, Stéphanie savait que sa mère reconnaissait sa défaite.

Cela ne voulait pas dire pour autant qu'elle allait renoncer si facilement, ou qu'elle n'ait pas en tête un autre projet de mariage.

Pourtant, la gaieté de Stéphanie était si contagieuse qu'ils se mirent à rire et à bavarder avec une liberté qui aurait été inimaginable en présence de la grande-duchesse.

Sans trop savoir comment, Laetitia se retrouva avec le roi appuyée à une fenêtre, légèrement à l'écart des autres.

D'une voix qu'elle seule pouvait entendre, il murmura :

– Vous êtes encore plus belle qu'hier soir. Avez-vous rêvé de moi?

– Comment aurais-je pu faire autrement?

Elle avait du mal à parler tant tout son corps était parcouru de vibrations, et quand enfin elle le regarda dans les yeux, ce fut comme s'il l'embrassait.

– Je vous aime! dit le roi, et je jure que, même si je dois pour cela remuer le ciel et la terre, vous m'appartiendrez!

Incapable de répondre, elle se tenait devant lui, exprimant son amour en silence, les yeux rivés sur lui.

La porte du salon s'ouvrit et le chef du protocole annonça :

– Je crois, Votre Altesse, qu'il est temps que vous partiez avec Sa Majesté vers l'hôtel de ville.

– C'est vrai, reconnut le grand-duc.

Posant son verre, il regarda autour de lui, comme s'il se demandait où avait disparu son honorable invité. Alors le roi s'écarta de la fenêtre et le rejoignit.

Les deux hommes sortirent du salon côte à côte, suivis par la princesse Olga et Stéphanie, tandis que Laetitia et Marie-Henriette fermaient la marche.

Ils se rendirent dans le grand hall où les aides de camp et les autres occupants de la quatrième voiture les attendaient.

Le grand-duc et le roi descendirent les marches du perron central.

Le carrosse découvert qui devait les conduire à l'hôtel de ville était là, impressionnant, avec ses dorures et ses quatre chevaux somptueusement harnachés.

Le cocher et les laquais debout derrière portaient la livrée pourpre, blanche et dorée, les perruques blanches et les tricornes qui constituaient leur uniforme de cérémonie depuis le XVIIe siècle.

L'attelage était vraiment magnifique, et Laetitia se demanda si le roi y était sensible et si la Zvotana pouvait rivaliser sur ce plan avec son pays.

Au moment où le grand-duc invitait d'un geste le roi à monter devant lui dans le carrosse, on entendit le bruit d'un galop dans l'allée principale. Quelques secondes plus tard, un officier arrêtait son cheval écumant devant le carrosse.

Un groom s'avança pour prendre la bride du cheval, et alors seulement Laetitia reconnut l'officier qui venait d'arriver : c'était Kyril.

Quelque chose dans son comportement imposa le silence à toute l'assistance. Kyril s'approcha du grand-duc et le salua. Puis, au grand étonnement de tous, il enleva son casque et dit d'une voix haute :

— Je viens vous annoncer de terribles nouvelles, Votre Altesse.

— Qu'y a-t-il, Kyril? demanda celui-ci d'une voix chargée d'appréhension.

— Son Altesse la grande-duchesse et le prince Otto ont été victimes d'un attentat. Une bombe a explosé dans leur carrosse. Veuillez accepter mes plus sincères condoléances, Votre Altesse.

Un silence absolu régna pendant quelques instants. Puis le grand-duc demanda d'une voix altérée :

— Ils sont tous les deux... morts?

— Rien n'a pu être fait pour les sauver, Sire.

Le grand-duc se redressa.

— Il faut que j'aille là-bas. Conduisez-moi, Kyril.

— Je crois que ce serait une erreur, Sire, si je puis me permettre, répondit Kyril. Les médecins font en ce moment évacuer les corps des spectateurs qui ont été tués pendant l'explosion, et ils apportent les premiers secours aux blessés.

Puis il ajouta :

— La ville est plongée dans la plus grande confusion et il vaudrait mieux que Son Altesse et Sa Majesté restent ici jusqu'à ce que le calme revienne.

— Je comprends, répondit le grand-duc.

Kyril remit son casque, salua, sauta en selle et s'éloigna au galop.

Tous les membres de l'assistance semblaient avoir été changés en pierres. C'est alors que la princesse Olga s'approcha du grand-duc et lui dit :

– Kyril a raison, cher Louis. Aller là-bas ne servirait à rien, si la foule est en état de panique. Il vaut mieux que vous restiez ici.

– Oui, bien sûr, reconnut le grand-duc.

Oubliant le roi, la princesse Olga reconduisit le grand-duc à l'intérieur du palais. Ils traversèrent le grand hall et se dirigèrent vers les appartements privés. Dès que Kyril fut reparti, Laetitia avait pris la main de Stéphanie et elles étaient rentrées dans le palais, suivies par le roi et Marie-Henriette.

– Ce n'est pas vrai! Ce n'est pas possible! répétait Stéphanie, horrifiée.

– Je suis désolée, ma chérie, disait Laetitia d'une voix chaleureuse.

– Pauvre maman!

Mais Stéphanie ne pleurait pas.

Le roi, comme s'il prenait les choses en main, proposa :

– C'est un choc terrible. Nous devrions tous boire quelque chose. (Versant du champagne dans trois verres, il demanda à Marie-Henriette :) Voulez-vous aussi du champagne, ou préférez-vous de la citronnade?

– J'aime mieux de la citronnade, répondit Marie-Henriette.

Stéphanie et Laetitia allèrent s'asseoir sur une banquette, Marie-Henriette s'approcha du roi et lui confia à voix basse :

– Je ne suis pas assez hypocrite pour faire semblant d'être triste!

– Que voulez-vous dire? demanda le roi.

– Eh bien, répondit Marie-Henriette, maintenant Stéphanie va certainement pouvoir épouser mon frère Kyril.

– Ainsi, c'est lui, l'heureux élu de son cœur! souffla le roi, les yeux pétillants de malice. Effectivement, il ne devrait plus y avoir aucune difficulté, puisqu'il est le nouveau prince héritier.

Marie-Henriette ouvrit de grands yeux étonnés.

– Je n'y avais pas pensé, mais c'est vrai, Otto est mort!

Elle eut un soupir qui marquait une certaine satisfaction :

– C'est merveilleux! Absolument merveilleux!

– Je ne crois pas, dit le roi, qu'une telle euphorie soit tout à fait de mise en de telles circonstances.

– Vous diriez la même chose, si vous aviez souffert comme nous, rétorqua Marie-Henriette.

– J'ai moi aussi des raisons tout à fait personnelles d'être plus joyeux que triste, devant cette nouvelle, dit le roi. Je vous comprends donc en fait très bien.

Marie-Henriette le regarda d'un œil soupçonneux.

– Etes-vous en train de me dire que vous aimez Laetitia? Cela ne m'étonnerait pas, après le scandale que vous avez causé hier soir!

– Non seulement je l'aime, répondit le roi, mais j'ai l'intention de l'épouser.

Marie-Henriette poussa un cri de ravissement.

– C'est la chose la plus formidable que j'aie jamais entendue!

Et se dressant sur la pointe des pieds elle embrassa le roi sur la joue. Laetitia qui les regardait à l'autre bout de la pièce eut un sursaut d'étonnement.

Marie-Henriette traversa la pièce en courant.

– Je sais que je ne devrais pas dire cela, s'exclama-t-elle, mais tout est merveilleux! Stéphanie, le roi dit que tu n'auras plus aucune difficulté pour épouser Kyril, puisqu'il est maintenant le prince héritier, et lui il va épouser Laetitia!

Il y eut un moment de silence, puis Laetitia commença :

– Vraiment, Hettie...

Mais Stéphanie l'interrompit :

– C'est vrai, Hettie?

– Bien sûr que c'est vrai!

– Je sais que papa aime Kyril et qu'il me laissera l'épouser.

A ce moment-là, la porte s'ouvrit et la princesse Olga entra.

Stéphanie, se demandant avec angoisse si elle ne l'avait pas entendue, se leva précipitamment, mais la princesse Olga s'adressa au roi.

– Je suis désolée, Majesté, de vous avoir abandonné ainsi, dit-elle. Le grand-duc m'a demandé de vous présenter ses excuses. Il n'était pas dans son état normal, quand nous sommes rentrés.

– Le choc a dû être terrible, répondit le roi d'une voix paisible. Ce qui vient d'arriver est profondément regrettable, mais je dois vous dire combien je suis heureux que la vie du grand-duc ait été épargnée.

– Plusieurs personnes sont arrivées au palais pour le voir, dit la princesse Olga. Mais il m'a demandé de le rejoindre dès que j'aurais porté son message à Sa Majesté.

– Ne vous inquiétez pas pour moi, dit le roi. Je suis en charmante compagnie, auprès de la princesse Stéphanie et de vos filles.

Comme si elle se rappelait soudain son existence, la princesse Olga se tourna vers Stéphanie.

– Ma pauvre enfant!

– Soyez sans crainte, ma cousine. Retournez vite

auprès de papa, je sais qu'il doit avoir besoin de vous.

— Oui, j'y vais, acquiesça la princesse Olga.

S'inclinant rapidement devant le roi, elle quitta la pièce.

Alors Stéphanie tendit la main à Marie-Henriette et lui lança :

— Viens avec moi dans ma chambre, Hettie. Il faut que je te parle.

Les deux jeunes filles ébauchèrent une rapide révérence devant le roi et partirent presque en courant.

Elles voulaient bien sûr parler du mariage de Stéphanie. Pour les trois jeunes filles, n'était-il pas évident aussi qu'un rapprochement allait se faire entre le grand-duc et la princesse Olga, maintenant qu'ils se trouvaient libres tous les deux ?

Laetitia et le roi, restés seuls, se regardèrent un long moment, sans faire un mouvement. Puis il s'avança vers elle la main tendue et dit :

— Je crois que nous devrions aller dans le jardin. Ici, nous serions trop souvent dérangés.

A son tour elle lui tendit sa main. Le miracle qu'elle avait tant espéré se réalisait et la flamme d'espoir que le roi avait allumée la veille au fond de son cœur pouvait continuer à brûler.

Ils sortirent en silence par la porte-fenêtre et descendirent au jardin. Elle savait, sans qu'il ait à le lui dire, qu'il l'emmenait devant la fontaine où ils s'étaient rendus la nuit précédente.

Un mur de brique rouge se dressait derrière et à travers les gouttes d'eau iridescentes, le soleil faisait jouer d'innombrables petits arcs-en-ciel.

Entre les nénuphars nageaient des poissons rouges.

Ils s'assirent l'un à côté de l'autre sur le même

banc que la veille, et le roi porta la main de Laetitia à ses lèvres en murmurant :

– Vous voyez, ma chérie, mon instinct ne me trompait pas, et je n'aurai pas à fomenter une révolution pour vous épouser! Ne croyez surtout pas que je vais pour cela attendre un an, comme votre deuil l'exigerait.

Toute frissonnante au contact de ses lèvres, Laetitia ne put que répondre d'une voix faible :

– Vous... Vous allez trop... vite.

– Ridicule! répondit le roi. Je ne fais que suivre votre exemple, ma précieuse, en fonçant tête baissée vers ce que je veux obtenir.

Il rit et dit encore :

– La volonté dont vous avez fait preuve soulève toute mon admiration et donne envie de faire de même. Je crois que vous n'êtes pas très bien placée pour me donner des leçons sur ce qui est convenable et ce qui ne l'est pas!

Laetitia rougit et détourna les yeux.

– En vous écoutant, dit-elle avec une pointe de provocation, je me demande si je suis vraiment celle qu'il vous faut. Car votre femme sera reine!

– Tout cela n'a aucune importance, répondit le roi. Je vous veux, c'est tout ce qui compte, et je vous veux très vite!

Il y avait dans sa voix une note qu'elle n'avait jamais entendue.

– Je vous aime, répondit-elle, et je crois que je ferai... tout ce que vous me direz de faire. Mais êtes-vous tout à fait... certain de vouloir m'épouser?

– Comment pouvez-vous me poser une question aussi absurde? demanda le roi.

– Je pensais simplement, dit Laetitia, que ce que j'ai fait, c'était pour éviter à Stéphanie de... vous épouser. Maintenant qu'elle ne craint plus rien, avec la mort de la grande-duchesse, vous n'êtes pas obligé de... vous marier avec quelqu'un d'ici.

Le roi se mit à rire. C'était un son très doux aux oreilles de la jeune fille.

– Je sais exactement ce que vous êtes en train de faire, ma chérie, lui dit-il. Vous vous défendez à l'avance au cas où je vous reprocherais un jour de m'avoir forcé la main, vous et la magie des gitans.

Il rit encore et ajouta :

– Mais c'est exactement ce qui se passe : votre pouvoir – ou celui du Voivode, peu importe – fait qu'il m'est totalement impossible d'en épouser une autre que vous. Aussi, plus vite vous remplirez votre part du contrat, mieux ce sera.

Puis déposant un baiser sur sa main :

– Nous sommes déjà mariés selon la loi des gitans qui est, que les gens le veuillent ou non, celle de mon sang et du vôtre.

Il avait dit cela très sérieusement et Laetitia répondit :

– Je vous aime car vous croyez cela... et aussi je veux être votre femme, je le veux... désespérément... et la seule occasion que j'aurai jamais de le faire je vous la donne maintenant : celle de... vous échapper.

– Je sais, dit le roi, mais il n'y a aucune possibilité de fuite, ni pour moi, ni pour vous, ma chérie, et ni maintenant ni jamais, et je ferai tout mon possible pour qu'il en soit toujours ainsi.

Tout en parlant, il avait mis ses bras autour d'elle et l'attirait contre lui.

– On... on pourrait nous voir! murmura Laetitia.

Les lèvres du roi étaient tout près des siennes.

– Qu'on nous voie! dit-il. La seule chose qui

m'importe est de vous convaincre définitivement que vous êtes totalement et absolument mienne.

Lorsqu'elle sentit ses lèvres sur les siennes, son corps contre le sien, elle sut que ce qu'il venait de dire était vrai.

Elle était sienne, et ils ne pouvaient échapper l'un à l'autre.

Sur leur passage la foule les acclamait et jetait des fleurs aux couleurs de la Zvotana.

Les hourras emplissaient l'air et leur attelage disparaissait peu à peu sous les gerbes odorantes. Laetitia avait l'impression d'être assise dans un bain parfumé.

A défaut de pouvoir parler, le roi serrait sa main très fort dans la sienne.

De l'autre, ils saluaient la foule, mais ils ne pensaient qu'à leur bonheur et à cet amour qui les avait enveloppés comme une lumière aveuglante depuis qu'ils étaient devenus mari et femme devant l'autel de la cathédrale.

Evidemment, le roi avait obtenu que tout se passe comme il le désirait.

Prétendant que les troubles qui agitaient son pays étaient beaucoup plus graves qu'on ne le pensait, il avait persuadé le grand-duc et la princesse Olga qu'il devait non seulement épouser Laetitia dans les trois mois à venir, mais aussi que le mariage devait être célébré en Zvotana.

Il avait pour cela déployé une telle éloquence que le grand-duc et la princesse Olga s'étaient rendus à ses arguments.

Ils étaient donc tous venus au palais du roi Viktor, enchantés de ce bain d'enthousiasme qu'ils avaient trouvé là, après la grisaille d'Ovenstadt et des obsèques.

Personne, en Ovenstadt, ne pleurait vraiment la grande-duchesse, bien qu'il fallût sauver les apparences, et la princesse Aspasia avait dit à Laetitia :

— Le pays tout entier se sent soulagé depuis qu'elle est morte. Nous allons pouvoir vivre heureux, comme nous le faisions avant qu'elle ne nous impose ses méchantes idées à la prussienne!

Mais le grand-duc devait s'en tenir aux convenances. Il avait permis à Stéphanie d'épouser Kyril, mais il leur avait imposé un délai d'au moins six mois pour annoncer leurs fiançailles.

— Ce n'est pas juste! s'était écriée Stéphanie en apprenant que Laetitia allait épouser le roi si vite.

— Toi, tu pourras voir Kyril tous les jours et passer autant de temps avec lui que tu le voudras, avait répondu Laetitia. Tandis que moi, le roi a tant à faire que je le vois très peu.

Ils ne s'étaient revus en fait que deux fois. Une nouvelle visite du roi dans la capitale d'Ovenstadt aurait entraîné des cérémonies et un faste incompatibles avec cette période de deuil.

Laetitia, accompagnée de la princesse Olga, de Kyril et de Marie-Henriette, s'était donc installée au château de Thor où il pouvait se rendre plus facilement.

C'est ainsi qu'ils se retrouvaient tous les deux dans ce salon où il l'avait embrassée pour la première fois, et où elle était presque devenue sa femme gitane, sans la bénédiction de l'Eglise.

— Je vous aime! lui dit le roi le premier soir, quand la princesse Olga les avait laissés seuls pendant exactement vingt minutes.

– Et moi aussi, je... vous aime! répondit Laetitia.

– Si seulement j'étais un gitan et non un roi, continua-t-il, nous n'aurions pas besoin d'attendre tout ce temps! Nous partirions dans notre roulotte, et je vous ferais l'amour et je vous dirais tout ce que vous représentez pour moi sans être tout le temps interrompu par un secrétaire qui m'annonce un nouveau rendez-vous.

Il avait dit cela avec une sorte de colère contenue, et Laetitia s'était mise à rire.

– Il n'y en a plus pour très longtemps, maintenant, lui dit-elle, et moi aussi, mon cher, mon merveilleux Viktor, je veux être avec vous tout le temps!

– Je ne sais pas ce que vous m'avez fait, adorable Laetitia, ou ce que m'a fait la magie du Voivode, mais je ne peux plus penser qu'à vous.

Ses lèvres étaient contre sa joue et il continua :

– Pendant les réunions les plus sérieuses, quand je gouverne et que je légifère, je ne vois que votre visage, et je sens vos lèvres sur les miennes.

Elle n'aurait pu lui répondre car il l'embrassa avec passion.

Ils ne formaient qu'un et aucune cérémonie religieuse ne pouvait les rapprocher davantage que ce baiser.

Maintenant, assise dans le carrosse, au milieu des drapeaux que la foule agitait sur leur passage, elle se disait qu'un nouveau chapitre de sa vie commençait, un chapitre si merveilleux qu'elle ne trouvait pas les mots pour en parler.

Quand elle s'était avancée dans l'allée centrale de la cathédrale, au bras de Kyril, suivie de ses demoiselles d'honneur, Stéphanie et Marie-Henriette, elle avait envoyé au ciel une fervente prière de reconnaissance.

Non seulement parce qu'elle pouvait épouser l'homme qu'elle aimait, mais aussi parce que Kyril avait désormais la place qui lui revenait et allait épouser celle qu'il aimait.

Elle se souvenait des paroles du Voivode :

« Il faut faire ce que votre cœur vous dicte. »

C'était ce qu'elle avait fait, et cela lui avait apporté tout ce dont elle avait rêvé, et qu'elle avait pensé ne jamais avoir.

Le carrosse avait atteint les portes de la ville.

Quand ils s'arrêtèrent, et que les valets de pied écartèrent les fleurs pour qu'ils puissent se lever et descendre, Laetitia vit qu'un phaéton les attendait, tiré par un superbe attelage.

Elle savait qu'il était là pour les emmener jusqu'au palais d'été du roi où ils devaient passer les premières nuits de leur lune de miel.

Le roi avait voulu ainsi garder secret l'endroit où ils allaient séjourner.

Quand ils eurent dit au revoir aux grands dignitaires, le roi l'aida à monter dans le phaéton et puis prit la place du conducteur. Comme il s'emparait des rênes, elle eut de nouveau l'impression de vivre un rêve.

Elle pouvait enfin être seule avec l'homme qu'elle aimait; tandis qu'ils s'éloignaient, le roi se tourna vers elle pour la regarder et elle sut qu'il pensait la même chose.

Ils n'étaient suivis que par une escorte de quatre cavaliers qui se tenaient à bonne distance derrière eux, et le roi avait donné des ordres pour qu'ils soient le plus libres possible.

– Nous n'avons rien à craindre, ma chérie, avait-il dit à Laetitia la veille. Les autorités m'ont assuré que l'homme qui a été capturé et exécuté après avoir assassiné la grande-duchesse et le prince Otto constituait la dernière vraie menace dans cette région de l'Europe.

– En êtes-vous... certain ? avait demandé Laetitia avec anxiété.

Le roi avait haussé les épaules.

– Il y en aura d'autres, bien sûr, avait-il dit, mais cet homme me poursuivait déjà depuis pas mal de temps, et c'est lui, m'a-t-on appris hier, qui a fomenté l'attentat au cours duquel le roi Frederick a été blessé.

– J'aurai toujours peur pour vous.

– Nous allons devoir chercher un sortilège pour nous protéger tous deux ! avait dit le roi avec un sourire. Mais je crois que notre amour nous protège mieux que tout autre chose, et votre beauté offrira à mon peuple un sujet de conversation moins dangereux que toutes ces idées révolutionnaires qui l'ont tant occupé ces derniers temps.

Et en effet, la populace qui se pressait tout au long du chemin menant à la cathédrale n'avait l'air intéressé que par le mariage de son roi et le charme de son épouse.

Elle avait remarqué avec une joie profonde les nombreux gitans qui s'y étaient mêlés, acclamant eux aussi ce roi qui avait tenu sa promesse.

Car ils étaient maintenant les bienvenus dans tout le pays.

« Cela nous portera bonheur », s'était-elle dit, sachant que les gitans de toutes les tribus leur donnaient leur bénédiction en ce jour de mariage.

Le roi conduisait vite, d'une main experte, et ils atteignirent le palais d'été en un peu plus d'une heure.

C'était un bâtiment blanc, construit au bord d'un

grand lac au pied de ces mêmes hautes montagnes qui se trouvaient en Ovenstadt.

Le palais était splendide en cette lumière d'après-midi, et tandis qu'ils s'aprochaient, Laetitia mit sa main sur le genou du roi :

– Notre première maison... chuchota-t-elle.

– Une maison, ma précieuse, que nous remplirons de toute la magie de l'amour que je vous donnerai ce soir.

Elle rougit en voyant le regard ardent de son mari.

Enfin, juste avant qu'il n'arrête les chevaux, elle dit d'une voix émue :

– Quand nous arriverons, j'aimerais que vous me conduisiez au jardin. J'ai quelque chose... à vous montrer.

– Dans le jardin? demanda le roi.

– Oui, s'il vous plaît.

Il ne la questionna pas davantage mais fit claquer son fouet, comme s'il voulait arriver plus vite.

Il avait donné des instructions afin de n'être accueilli que par les domestiques qui servaient toute l'année au palais d'été.

La maison était fraîche, après la chaleur de la journée, et tout de suite Laetitia l'aima.

Elle monta pour enlever son manteau de voyage et son chapeau, et trouva une chambre encore plus ravissante que ce qu'elle avait jamais imaginé.

Elle savait que le roi l'avait fait redécorer pour elle.

Les murs bleus, les rideaux roses et le plafond peint où des cupidons folâtraient au milieu des dieux et des déesses lui rappelaient les couleurs vives des roulottes de gitans.

Mais elle était impatiente de retrouver le roi, et elle descendit aussitôt prête.

Le roi se tenait debout, dans une pièce aux immenses portes-fenêtres donnant sur la roseraie.

Elle courut vers lui et il ouvrit les bras pour la serrer contre lui et l'embrasser plus sauvagement, plus passionnément qu'il ne l'avait jamais fait.

– J'ai cru que ce moment n'arriverait jamais, soupira-t-il. Mais maintenant que nous avons été mariés deux fois, vous êtes totalement mienne, comme j'ai toujours voulu que vous le soyez!

Puis, parce qu'il devait contrôler le désir qu'il avait d'elle encore un peu, il ajouta :

– Vous vouliez aller au jardin?

– Oui, c'est... important, répondit Laetitia. Vous souvenez-vous de ceci?

Et elle lui montra ce qu'elle tenait dans sa main.

– Je crois que c'est le fagot de rameaux qui était à côté du Voivode quand il nous a mariés, dit-il.

– Quelle mémoire! dit Laetitia. Il l'a ensuite laissé pour moi dans la roulotte, et je n'avais pas compris pourquoi.

– Expliquez-moi.

– Je pensais que cela ne pourrait jamais arriver, mais le Voivode savait, lui, que nous serions un jour mari et femme pour l'éternité!

Elle poursuivit après un silence :

– Ces rameaux viennent de sept sortes d'arbres différents, et pour un mariage kalderash, il les aurait cassés et lancés un à un dans le vent.

– Et puis? demanda le roi.

– Il nous aurait expliqué que ces rameaux symbolisent le lien du mariage, répondit Laetitia, et qu'il nous était impossible de manquer à notre promesse jusqu'à la mort de l'un de nous deux.

Le roi sourit.

Il prit les rameaux et les cassa l'un après l'autre,

puis les jeta jusqu'au dernier au milieu des rosiers.

Alors, il la prit dans ses bras :

– Nous sommes maintenant mariés pour l'éternité, et je sais que vous le croyez, grâce aux vœux que nous avons prononcés à l'église, mais aussi grâce à la magie des gitans.

– Je savais... que vous comprendriez!

– Je comprends, ma douce épouse.

Plus tard, ils dînèrent dans la salle à manger éclairée par de grands candélabres, et dégustèrent des mets plus délicieux les uns que les autres, arrosés d'un vin couleur de rubis dont le goût semblait très proche de celui qu'ils avaient bu avec les gitans.

Laetitia leva vers son mari un regard interrogateur, tandis qu'il la regardait boire.

– Vous avez deviné, c'est le vin des gitans!

– Comment avez-vous pu vous en procurer? demanda-t-elle.

– Trois bouteilles de ce vin ont été déposées au palais hier soir, répondit le roi, et la gitane qui les a laissées a dit aux domestiques qu'elles devaient m'être remises en mains propres.

Il sourit puis ajouta :

– Comme vous pouvez l'imaginer, les domestiques avaient trop peur d'attirer sur eux la malchance s'ils désobéissaient et ne m'apportaient pas tout de suite ces bouteilles. Il y avait aussi un message.

– Que disait-il? demanda Laetitia.

– « Avec tous les vœux des Kalderash, pour un roi qui a tenu sa promesse », répondit le roi.

Laetitia applaudit.

– C'est ainsi qu'ils vous ont remercié de les accueillir en Zvotana.

– Exactement. Et quand j'ai ouvert la caisse contenant les bouteilles, j'y ai trouvé encore autre chose.

– Quoi donc? demanda Laetitia.

– Il y avait un bracelet autour de chaque bouteille, dit-il en les sortant de sa poche.

Laetitia poussa un cri de ravissement : ces bracelets étaient travaillés avec le même goût exquis que les gobelets qu'elle avait vus chez les Kalderash.

Ils étaient en or, l'un serti de rubis, l'autre de diamants, le troisième d'émeraudes. Les couleurs du drapeau de Zvotana!

Laetitia les passa à son poignet :

– Si les gitans vous sont reconnaissants, moi je le suis envers eux, infiniment. Car c'est grâce à leur pouvoir magique, j'en suis sûre, que nous avons pu nous marier.

– C'est ce que je pense aussi, dit le roi. Et maintenant, ma chérie, parce que je leur suis moi aussi tellement reconnaissant, j'ai quelque chose à vous montrer.

Il se leva, lui prit la main et, à sa grande surprise, l'entraîna vers le jardin.

C'était une partie du parc qu'elle ne connaissait pas. Ils marchèrent entre les buissons et les grands arbres, dans l'atmosphère mystérieuse du jour tombant.

Le soleil couchant embrasait l'horizon et quelques étoiles apparaissaient dans le firmament.

Il ne leur faudrait plus longtemps pour qu'elles illuminent le ciel devenu sombre, tout comme la nuit où elle avait dansé autour du feu des gitans, avant que le Voivode ne les marie.

Ce soir, comme alors, la lune serait pleine et leur

rappellerait la musique et le spectacle que les gitans leur avaient offerts sur le plateau du château de Thor.

Le roi restait silencieux, mais il avait passé son bras autour de ses épaules. Elle se demandait où ils allaient lorsqu'ils débouchèrent dans une petite clairière.

D'un côté, les troncs d'arbres serrés les uns contre les autres, formaient presque un mur, et de l'autre, la clairière donnait sur le lac.

Les derniers rayons du soleil jetaient sur l'eau des reflets d'or.

Un feu avait été préparé. Et derrière, elle crut reconnaître quelque chose qu'elle n'avait encore jamais vu, mais dont elle connaissait l'existence.

Viktor ne la quittait pas des yeux.

Elle allait lui demander une explication, lorsqu'elle comprit enfin : c'était un lit de fleurs comme ceux qu'utilisaient toujours les gitans pour les mariages.

Elle poussa un petit cri enchanté, et le roi la prit dans ses bras.

– Vous m'avez ensorcelé, petite gitane. Comment pourrais-je vous faire mienne ailleurs que sur ce lit de fleurs ?

– Comme c'est merveilleux d'avoir pensé à une chose aussi belle, aussi parfaite !

Il l'embrassa puis l'installa à côté du feu.

– Nous allons d'abord allumer le feu, dit-il, puis nous boirons à notre bonheur, et vous découvrirez alors un dernier présent.

– Qu'est-ce que c'est ? demanda Laetitia.

Elle avait du mal à parler tant son cœur battait à tout rompre.

Le roi alluma le feu qui prit vie en quelques instants, dressant ses flammes dans la nuit tombante, et elle vit chatoyer la coupe d'amour qu'il lui tendait.

C'était la réplique exacte de celle dans laquelle ils avaient bu lors de leur mariage gitan, en or gravé de signes magiques et incrusté de pierres précieuses qui brillaient devant les flammes du feu.

Le roi la lui mit dans les mains, puis y versa du vin de la troisième bouteille que les gitans lui avaient apportée.

Il posa ses mains sur les siennes et lui dit d'une voix profonde :

– Nous allons boire dans cette coupe d'amour, ma précieuse, et je jure de vous aimer, de vous honorer et de vous protéger tous les jours de notre vie et pour l'éternité.

Laetitia porta la coupe à ses lèvres et but, puis le roi but à son tour.

Alors il posa la coupe sur le sol et il allongea Laetitia sur leur lit de fleurs.

Elle s'enfonça avec délices dans l'épaisseur des pétales.

Enlevant sa tunique blanche, il la laissa tomber à terre et rejoignit Laetitia.

La douceur des fleurs et leur parfum l'envahirent tout entière et Laetitia murmura :

– C'est un rêve... vous êtes l'amant de mes rêves... celui que j'ai toujours attendu, en pensant toutefois qu'il pouvait ne pas exister!

– Et vous êtes ma femme, celle que j'ai cherchée partout pour emplir le vide désespéré de mon cœur, lui répondit le roi. Et je vous aime, ma merveilleuse.

Puis ses lèvres furent sur sa bouche et tout en l'embrassant il posa ses mains sur le corps de sa bien-aimée. Quelque chose de sauvage se réveilla en elle en réponse à cette étreinte.

– Je... vous... aime, balbutia-t-elle.
Quelque part au loin, elle crut entendre le son des violons.
Le roi embrassa ses lèvres, son cou, et quand sa bouche descendit vers la douceur de ses seins, elle sut que le plaisir qui se levait en eux faisait partie d'une magie à laquelle ils ne pouvaient échapper.
Les flammes montèrent et, dans le parfum des fleurs, la mélodie sauvage de la musique et la lumière des étoiles, Laetitia se sentit transportée jusqu'au ciel où n'existait pour l'éternité que la magie de l'amour.

Romans sentimentaux *Dos jaune d'or*

ARCHER Jeffrey
Kane et Abel (1684★★★ et 1685★★★)
Le heurt de deux destins que rien ne devait rapprocher.

ARLEN Leslie
Les Borodine (inédits) :
1 - **Amour et honneur** (1226★★★★)
2 - **Guerre et passion** (1314★★★★)
3 - **Rêves et destin** (1364★★★★)
4 - **Espoir et gloire** (1425★★★★)
5 - **Rage et désir** (1539★★★★)
Une famille russe à travers la Révolution et la Seconde Guerre mondiale.

BENZONI Juliette
Le Gerfaut des brumes :
- **Un collier pour le diable** (1186★★★ et 1187★★★)
- **Le trésor** (1509★★★)
- **Haute-Savane** (1715★★★★★)
D'Armor en Amérique, l'amour, l'aventure, la bravoure du Gerfaut deviennent légendaires.

BRENT Madeleine
Le léopard des neiges (1660★★★★)
Quel mystère plane sur la naissance de Jani ?

CARTLAND Barbara
Les belles amazones (727★★)
L'amour sincère de son « client » sauvera-t-il la jeune fille de la déchéance ?

La naïve aventurière (751★★)
Epousée par hasard, saura-t-elle conquérir son mari ?

L'irrésistible amant (758★★)
Il est jeune, riche et beau, pourtant celle qu'il aime paraît le haïr.

Contrebandier de l'amour (783★★)
L'amour conduit le jeune duc dans un repaire de contrebandiers.

La fée de la glace (845★★★)
Pour l'étoile du patinage et le jeune lord anglais, le bonheur sera une dure conquête.

Le masque de l'amour (973★★)
Fuyant Venise, la jolie Caterina est capturée par des pirates barbaresques.

La belle et le cavalier (985★★★)
Ruiné, sir Hugh vend sa propre fille aux enchères.

La fiancée réticente (993★★)
Sa mère a décidé de son mariage : comment y échapper ?

Le terrible secret de Giselda (1003★★)
Pourquoi cette jeune fille du monde se cache-t-elle sous les traits d'une servante ?

Les hasards de l'amour (1014★★)
Pour sauver son père, Simonetta accepte de participer à une comédie qui lui répugne.

La sorcière aux yeux bleus (1042★★)
La jeune blessée découverte par le marquis est-elle une sorcière ?

Les amours mexicaines (1052★★★)
Maltraitée par son oncle, Kamala se glisse en cachette dans un bateau en partance pour le Mexique.

Les roses de Lahore (1069★★)
Un secret honteux entache son nom : a-t-elle le droit d'aimer ?

Le message de l'orchidée (1072★★)
Un flot tumultueux de passions se déchaîne lors de l'inauguration du canal de Suez.

Romans sentimentaux

Quand l'amour triomphe (1076★★)
Que faisait chez lui cette jolie fille serrant une bombe contre elle ?

Pour l'amour de Lucinda (1227★★)
Elle épouse par ruse le fiancé de sa sœur.

La nymphe de Montmartre (1239★★)
L'ingénue est prise pour une courtisane.

Les amours au paradis (1297★★)
A Bali, un amour exotique et irréel se mêle aux intrigues du gouverneur.

Il ne nous reste que l'amour (1347★★)
Elle se réfugie auprès de son cousin, libertin entouré de cocottes et d'actrices.

L'amour fou de Zivana (1348★★)
Dans la Chine de 1900, au cours de la révolte des Boxers, l'aventure de la jolie Zivana.

L'amour joue et gagne (1360★★)
Au bord de la ruine, une chance : un riche mari pour sa pupille Christina.

La fleur de Cornouailles (1361★★)
Pour élever ses neveux, Tamara doit demander l'aide d'un homme qu'elle hait.

Les deux cousines (1384★★★)
L'homme qu'elle aime est aussi celui qu'elle hait le plus au monde.

Vanessa retrouvée (1385★★)
Une nuit, dans une auberge, une inconnue se réfugie dans la chambre d'un jeune homme.

Rencontre à Lahore (1401★★)
Ensemble, ils connaîtront le froid, la faim et la peur.

Brelan de dames (1402★★★)
Comment choisir entre trois femmes également ravissantes ?

L'amour démasqué (1414★★)
Elle affronte un homme cynique et misogyne.

Evelyne et la panthère noire (1415★★★)
Pour elle, il ressemble à une panthère noire.

Un baiser pour le roi (1426★★)
Le roi a passé la nuit auprès d'elle en tout bien tout honneur.

Lune de miel au Rajasthan (1440★★)
Pour de l'argent il épouse une inconnue.

La duchesse a disparu (1441★★)
L'homme qu'elle aime a-t-il tué son épouse ?

Fortuna et son démon (1454★★)
Elle est l'enjeu d'une atroce machination.

Pirate d'amour (1455★★)
Bertilla devient missionnaire au cœur de la jungle malaise.

Un diadème pour Tara (1482★★)
Elle se croyait lingère, elle devient duchesse.

Les deux amours de Pamela (1483★★★★)
Le jour de son mariage, elle retrouve celui qu'elle aime.

Le sortilège des Antilles (1497★★)
Haïti : un trésor, le Vaudou, les haines raciales et la belle Saona.

Aventure au bord du Nil (1498★★)
L'amour pourra-t-il faire oublier à Shikara son père disparu ?

La tour du bonheur (1506★★★)
L'indifférence d'une coquette face à la brutalité d'un homme de la brousse.

La fontaine aux vœux (1507★★★)
L'enchantement du Palais Borghèse va-t-il éblouir Cléona ?

L'étoile filante (1521★★)
Gracilia se cache dans un château qu'elle croit abandonné.

Romans sentimentaux

Le port du bonheur (1522★★)
Elle préfère un flibustier à l'homme choisi par son père.

La fugue de Célina (1537★★)
Plus elle est éprise, plus il se fait distant, mystérieux.

Un amour imprévu (1538★★)
Il trouve une inconnue dans le lit de sa mère.

La princesse orgueilleuse (1570★★)
Un hardi cavalier lui a volé un baiser.

La déesse et la danseuse (1581★★)
Un monde où la brutale réalité côtoie le rêve.

Rhapsodie d'amour (1582★★)
Un baiser volé peut tout changer.

Rêver aux étoiles (1593★★)
Condamnée à épouser un être vil et ivrogne.

Sous la lune de Ceylan (1594★★)
Son fiancé ne lui inspire que de la répulsion.

Les vibrations de l'amour (1608★★)
Fabia exaltait ses nobles sentiments et ses bas instincts.

Duchesse d'un jour (1609★★)
Mariée aujourd'hui, elle doit épouser un autre homme demain.

Duel avec le destin (1626★★)
Au lieu de l'aimer, il propose de l'entretenir.

L'enchanteresse (1627★★)
Elle accepte d'épouser le fiancé de sa sœur.

Un dieu pour l'amour (1671★★)
Aux Indes, deux âmes puis deux cœurs se reconnaissent.

Le lys de Brighton (1672★★)
Une lady s'éprend d'un brigand.

Le marquis et la gouvernante (1682★★)
Entre eux, l'amour est-il permis ?

Un duc à vendre (1683★★)
Un mariage d'argent peut-il amener le bonheur ?

Piège pour un marquis (1699★★)
Il découvre une jeune fille sous le siège de sa voiture.

Un baiser pour la vie (1700★★)
Un dieu aztèque protège la douce Pula.

Le talisman de jade (1713★★)
Des hommes s'affrontent, tous épris de Karina.

Les horizons de l'amour (1714★★)
Quand une trop jolie nièce devient une rivale dangereuse.

Le fantôme amoureux (1731★★)
Suffit-il de se déguiser en fantôme pour échapper aux pièges de l'amour ?

Où vas-tu, Mélinda ? (1732★★)
Une ravissante créature passe pour sa femme.

Un amour de légende (1747★★)
Pour libérer son neveu, il doit épouser une inconnue.

Le château de Marista (1748★★)
Marista doit séduire mais surtout se défendre.

La princesse en péril (1762★★)
Martyrisée par son époux, sauvée par lord Askley, Mariska trouvera-t-elle le bonheur ?

Défi à l'amour (1763★★★★)
Rien n'est facile pour la trop jolie et trop pauvre Nérina.

Ola et le marquis (1775★★)
Drogué puis sauvé par Ola, le marquis succombera-t-il à son charme innocent ?

Le festin secret (1776★★)
Une jeune fille bien née a-t-elle le droit de monnayer ses talents ?

Un souhait d'amour (1792★★)
La vie n'est pas facile pour la jeune Mariota qui a ses rêves pour seul refuge.

Romans sentimentaux

Indomptable Lorinda (1793★★)
Dans la salle de bal, une jeune femme nue entre, montée sur un grand cheval noir.

L'amour et Lucie (1806★★)
Habillée comme une mendiante la jeune Lucie marche seule avec son secret dans les rues de Venise.

Rencontre dans la nuit (1807★★)
Un aveugle l'aime mais elle est laide et aujourd'hui il va retrouver la vue.

La magie de la bohémienne (1819★★)
Laetitia, la célèbre danseuse tzigane, est aussi princesse et doit obéir aux lois de la famille royale.

La revanche d'Anthéa (1820★★)
Elle surprend un homme avec sa maîtresse... il la demande en mariage.

CHARLES Theresa
Un amour à Saint-Chad (945★★★)
Deux hommes se disputent le cœur d'Inez.

Crise à Saint-Chad (994★★)
Inez lutte pour sauver son amour et la vie d'une amie.

Fidèle à un rêve (1035★★)
Un jour, Connie retrouve ses amours d'enfant et son cœur se remet à chanter.

L'île aux angoisses (1252★★)
Elle risque sa vie pour sa sœur jumelle.

Gare aux sorcières ! (1275★★)
Ses dons de voyance l'éloigneront-ils de celui qu'elle aime ?

Le charme d'un démon (1298★★★)
Mariage d'amour, mariage d'enfer, une seule chose compte, aimer et être aimée.

Fière citadelle (1323★★★)
Que découvrira la ravissante Déna derrière les murs du manoir d'Arvane?

Toi seul (1337★★★)
Ils veulent s'aimer malgré la haine qui divise leurs familles.

Les promesses de l'arc-en-ciel (1349★★)
A peine fiancée, Richenda comprend qu'elle est trahie par celui qu'elle aime.

Mon amour des brumes (1374★★★)
Les héros de Pour un seul week-end *et des* Promesses de l'arc-en-ciel.

Un choix déchirant (1428★★)
Choisira-t-elle le notable ou le vaurien ?

Les rebelles de Saint-Chad (1495★★★)
La jeune Billie est déchirée entre l'amour et la compassion.

Rosamond (1795★★★)
Rosamond et sa sœur Thea aiment le même homme et se dressent l'une contre l'autre.

DAILEY Janet
Le solitaire (1580★★★★)
Une femme doit-elle lutter par le charme ou la violence ?

La dynastie Calder (1659★★★★)
Il possède tout mais pas la femme qu'il aime.

Le cavalier de l'aurore (1701★★★★)
Aventure et passion dans les montagnes Rocheuses.

La Texane (1777★★★★)
Sheila est mariée et pourtant elle en aime un autre, un hors-la-loi.

DALLAYRAC Dominique
Et le bonheur, maman ? (1051★★★)
A quatorze ans, il décide de faire de sa mère divorcée une femme libre et heureuse.

Romans sentimentaux

Ne pleure pas, je m'en charge ! (1794★★★)
Sylvain et sa mère vont mélanger leurs larmes puis s'aider mutuellement à retrouver la paix du cœur.

DELL E.M.
La proie de l'aigle (1287★★)
Muriel est contrainte à la fuite dans le désert avec un homme brutal et violent.

Le valet de carreau (1362★★)
L'affrontement passionné de deux êtres séparés par la vie.

DELLY
Les deux crimes de Thècle (1015★★)
Au château de Mieulles les haines s'exacerbent jusqu'au drame.

Une misère dorée (1102★★★)
Une radieuse jeune fille aux prises avec des haines ancestrales dans un manoir autrichien.

La douloureuse victoire (1124★★)
Peut-on aimer une femme, alors que Dieu est tout amour ?

La lune d'or (1136★★★ et 1137★★★)
Dans la pampa, des hommes luttent pour punir les crimes d'un mauvais génie.

Comme un conte de fées (1254★★)
Un pays enchanté où vie et rêve se mêlent.

Le sphinx d'émeraude (1571★★★)
Un amour difficile sous le règne d'Henri III.

DESMAREST Marie-Anne
Le cycle de Torrents :
– **Torrents** (970★★★)
Ce jeune chirurgien s'est-il marié par désespoir ?

– **Jan Yvarsen** (1024★★)
Sigrid, la meurtrière, revient, prête à tout pour reprendre Jan. Mais sa victime est-elle réellement morte ?

– **Jan et Thérèse** (1122★★)
L'ultime combat de Sigrid pour la conquête de Jan.

– **Le fils de Jan** (1148★★)
Héritière de Sigrid, Flavie fera-t-elle le malheur du fils de Jan ?

– **Le destin des Yvarsen** (1230★★)
Hugo, le pianiste virtuose, fera-t-il oublier à Flavie ses devoirs d'épouse ?

– **Le dernier amour de Jan** (1277★★)
Une jeune femme, qui lui rappelle Sigrid, vient bouleverser sa vie.

– **L'ennemi de Jan** (1389★★)
Qui s'acharne à dresser les uns contre les autres les membres de la famille Yvarsen ?

– **Le secret de Sigrid** (1595★★)
Elle laisse planer le doute sur son passé.

FARNOL Jeffrey
L'apprenti gentleman (1311★★)
Comment réunir les gens qui s'aiment, sauver les jeunes filles en détresse et découvrir l'amour ?

GLYN Elynor
Mystérieuse Alathéa (1205★★)
Qui se cache derrière ce masque figé ?

Ardente Amaryllis (1240★★)
Peut-on trouver le bonheur auprès d'un homme diminué ?

Farouche Tamara (1264★★)
Une pudique Anglaise, face à un fougueux Cosaque.

Sauvage Kamala (1386★★)
Après une grave maladie, Kamala oublie tout de l'homme qu'elle vient d'épouser.

Romans sentimentaux

GOLON Anne et Serge
Angélique marquise des Anges (667 ★★★ et 668★★★)
Angélique, le chemin de Versailles (669 ★★★ et 670★★★)
Angélique et le Roy (671 ★★★ et 672★★★)
Indomptable Angélique (673 ★★★ et 674★★★)
Angélique se révolte (675 ★★★ et 676★★★)
Angélique et son amour (677 ★★★ et 678★★★)
Angélique et le Nouveau Monde (679 ★★★ et 680★★★)
La tentation d'Angélique (681 ★★★ et 682★★★)
Angélique et la démone (683 ★★★ et 684★★★)
Angélique et le complot des ombres (685★★★★)
Son mari condamné au bûcher, Angélique devient la marquise des Anges à la Cour des Miracles. Puis elle retrouve grâce auprès de Louis XIV et dispute son amour à Mme de Montespan. Bien d'autres aventures l'attendent encore...
Angélique à Québec (1410 ★★★★, 1411★★★★ et 1412★★★★)
Angélique et son mari tentent de refaire leur vie dans le Nouveau Monde

HEYER Georgette
Pour l'amour de Cressy (1352★★★★)
Saura-t-il tromper la fiancée de son jumeau ?

HOLT Victoria
Ma rivale, la reine (1363★★★★)
L'amour va dresser contre Elisabeth 1re sa nièce et dame d'honneur, la belle Lettice.

Le masque de l'enchanteresse (1643★★★★)
Une mascarade peut entraîner bien loin.
La légende de la septième vierge (1702★★★)
Un rêve peut-il influencer toute une vie ?
Sables mouvants (1764★★★)
L'amour peut-il renaître dans une famille hantée par les tragédies du passé ?

HULL E.M.
Le dompteur (1484★★)
Pauline, l'écuyère, partage la dure vie des gens du cirque.

LOCKWOOD Vere
Ramazan le Rajah (1336★★)
Une jeune Anglaise est enlevée par un séduisant prince hindou.

McBAIN Laurie
Les larmes d'or (1644★★★★)
Ils vivent d'expédients et de rêves.
Lune trouble (1673★★★★)
Elle cherche à tuer l'homme qu'elle aime.
L'empreinte du désir (1716★★★★)
Elle n'a pour tout bagage qu'un sac de paille.

MATTHEWS Patricia
La maîtresse de Malvern (1056★★★★)
Pauvre et bafouée, Hannah n'a qu'une arme : son corps.
La promesse sauvage (1300 ★★★ et 1313★★★)
Enlevée à Londres en 1782, Sarah ne parviendra au bonheur qu'après avoir connu toutes les humiliations.

Achevé d'imprimer sur les presses de l'imprimerie Brodard et Taupin
58, rue Jean Bleuzen, Vanves. Usine de La Flèche,
le 10 mai 1985
1956-5 Dépôt légal mai 1985. ISBN : 2 - 277 - 21819 - 7
Imprimé en France

Editions J'ai Lu
27, rue Cassette, 75006 Paris
diffusion France et étranger : Flammarion